河東先生集

6

[唐] 柳宗元 撰

明嘉靖濟美堂本

讀者出版社

河東先生集卷第四十三

古今詩

法華寺石門精室三十韻 集有永州法華寺新作西亭記云寺居永州地最高

拘情病幽鬱曠志寄高爽願言懷名緇東峯旦夕仰始欣雲雨霽尤悅草木長道同有愛弟愛弟公弟之弟也披拂恣心賞松谿窅窱入窅窱深邃貌詩作窈窕。窅胡了切窱它弔切石棧夤緣上蘿葛綿層甍蘿女蘿今兔絲是也甍屋棟謨耕切葛一作蔦音鳥詩蔦與女蘿莓苔侵標牓苺苔草名密林互對聳絕壁儼雙敞壍峭出蒙籠墟嶮臨滉瀁嶮高峻貌滉瀁水貌。嶮爲檢切滉胡廣切瀁餘兩切又古文漾字稍疑地脉斷悠若天梯往結構罩羣崖迴環驅萬象小劫不逾瞬維摩經或有衆生樂久住世而可度者菩薩即演七日爲一劫又云世尊世界名大莊嚴劫曰莊嚴佛壽二十小劫大千若在掌維摩經又云菩薩斷取三千大千世界如陶家輪著右掌中擲過恒河沙世界之外體空得化元觀有遺細想喧煩困蠛蠓蠛蠓小虫也。上音蔑下毋摠切跼蹐疲魍魎寸進諒何營尋直非所枉孟子枉尺直尋者以利言也探奇極遥矚窮妙閱清響理會方在今神開康殊曩茲游苟不嗣浩氣竟誰養道異誠所希名賓匪余伏超攄藉外獎俛默有内朗鑑爾揖古風鑑一作鍳終焉乃吾黨潛軀委韁鎖班固自敘曰貫仁義之羈絆繫名利之韁鎖韁馬羈也音薑高步謝塵坱坱亦塵也倚朗切蓄志徒爲勞追蹤將焉倣淹留值頹暮眷戀睇遐壤映日隱聯軒翻雲波決漭決漭大水貌〇決於黨切漭莫朗切殊風紛已萃鄉路悠且廣羈木畏漂浮離旌倦搖蕩昔人歎違志出處今已兩何用期所歸

浮圖有遺像幽蹊不盈尺虚室有函丈禮記席間函丈函猶容也微言信可傳申旦稽吾顙申旦謂旦暮也

遊朝陽巖遂登西亭二十韻永泰元年元結自道州以事至永州愛其郭中有水石之異泊舟尋之得巖與洞以其東向遂以朝陽命名焉西亭即法華寺西亭按始得西山宴游記云元和四年九月二十八日登法華西亭詩是時作

謫棄殊隱淪桓譚新論曰天下神人五一曰神仙二曰隱淪登陟非遠郊所懐緩伊鬱詎欲肩夷巢伯夷巢父皆遯世者高巖瞰清江幽窟潛神蛟開曠延陽景迴薄攢

林梢西亭構其巔反宇臨呀庨呀張口貌庨宮室高貌○呀虛加切庨虛交切它本或作呀哮背瞻星辰與下見雲雨交惜非吾鄉土得以蔭菁茆詩苞匭菁茆蔭菁茆謂爲此西亭也羈貫去江介昭十九年穀梁傳羈貫成○羈貫謂交午翦髮以爲飾貫與丱同西都賦與江介之湫湄江介江之左也世仕尚函崤西都賦左據函谷二崤之間函函谷關崤崤山名也今俗呼爲土崤石崤在虢州界故墅即灃川灃長安水名詩所謂灃水東注者也數畝均肥磽臺館集荒丘池塘踈沉坳掬地不平也於交切會有圭組戀遂貽山林嘲北山移文南岳獻嘲薄軀信無庸瑣屑劇斗筲斗筲

之徒何足算也囚居固其宜厚羞久已包庭除植蓬
艾隟牖懸蠨蛸蠨蛸長踦也河內人謂之喜母俗云喜子是也所賴
山水客扁舟枉長梢梢船尾木挹流歠清觴挹酌也
掇野代嘉肴適道有高言取樂非絃匏逍遥
屛幽昧澹薄辭喧呶晨雞不余欺風雨聞嘐
嘐詩風雨瀟瀟雞鳴嘐嘐再期永日閑提挈移中庖

湘口館瀟湘二水所會九域志瀟湘水在祁陽皆永州縣此館當在永州也
九疑濬傾奔九疑山名在永州界臨源委縈迴臨源嶺名九疑

臨源瀟（臨源瀟湘所出）會合屬空曠（會合謂合流於湘口館也）泓澄停風雷高館軒霞表危樓凌山隈茲辰始澂霽（澂清也與澄同）纖雲盡褰開天秋月正中水碧無塵埃杳杳漁父吟叫叫羈鴻哀境勝豈不豫慮分固難裁升高欲自舒彌使遠念來歸流駛且廣（駛疾也音史）汎舟絕泝洄

登蒲州石磯望橫江口潭島深迴斜對香零山（香零山在永州）

隱憂倦永夜凌霧臨江津猿鳴稍已疎登石

娛清淪日出洲渚靜澄明晶無垠浮暉翻高禽沉景照文鱗雙江匯西奔詭怪潛坤珍孤山乃北時孤山謂香零山○時當作峙森爽棲靈神洄潭或動容島嶼疑搖振陶埴茲擇土埴謂土黏可作瓦罌蒲魚相與鄰信美非所安王粲登樓賦雖信美而非吾土兮曾何足以少留羈心屢逡巡糺結良可解紆鬱亦已伸高歌返故室自諐非所欣諐音經

南澗中題

公永州諸記自朝陽巖東南水行至袁家渴自渴西南行不百步得石渠石渠既窮為石澗石澗在南集有石澗記

即此詩所題者也筆墨録云南澗詩平淡有天工在與崔策登西山詩上語奇故也

秋氣集南磵磵與澗同獨遊亭午時廻風一蕭瑟林影久參差始至若有得稍深遂忘疲羈禽響幽谷寒藻舞淪漪詩河水清且淪漪注云小風水成文轉如輪其狀漪然也去國魂已游懷人淚空垂孤生易爲感失路少所宜索寞竟何事徘徊秪自知誰爲後來者當與此心期東坡嘗題此詩後云柳子厚南遷後詩清勁紆徐大率類此又云柳儀曹南澗詩憂中有樂樂中有憂蓋絶妙古今矣然老杜云王侯與

螻蟻同盡隨丘墟

儀曹何憂之深也

遊石角過小嶺至長烏村 永州作也

志適不期貴道存豈偷生久忘上封事 漢光武紀詔百寮並上封事宣帝始令群臣得奏封事以知下情 復笑昇天行 古樂府有昇天行謂學仙也 竄逐宦湘浦 謂在永州 搖心劇懸旌 史記蘇秦傳心悠悠然如懸旌 始驚陷世議終欲逃天刑歲月殺憂慄慵疎寡將迎追遊疑所愛且復舒吾情石角恣幽步長烏遂遐征磴廻茂樹斷 磴磴道不鄧切 景晏寒川明曠望少行人時聞田鶴

鳴詩鶴鳴于垤注鶴鳴致雨之鳥風篁冒水遠霜稻侵山平稍與人事間益知身世輕爲農信可樂居寵真虚榮喬木餘故國孟子所謂故國者非喬木之謂也願言果丹誠四支反田畝釋志東皋耕隋末王勣字无功至唐貞觀中爲大樂丞拄冠歸田葛巾聯牛躬耕東皋每著書自稱東皋子見呂才東皋子集序。一本作澤志東皋耕

與崔策登西山

策字子符集有送崔九序即此人也序云廢居八年崔子幸來覿余詩蓋是時作

鶴鳴楚山靜露白秋江曉連袂度危橋縈迴

出林杪西岑極遠目豪末皆可了重疊九疑高微茫洞庭小九疑洞庭並見上注迥窮兩儀際易係辭太極生兩儀高出萬象表馳景泛顥波遥風遞寒篠篠竹名可以爲箭音小謫居安所習稍厭從紛擾生同胥靡遺莊子胥靡登高而不懼遺死生也壽等彭鏗夭彭祖姓籛名鏗壽八百歲蹇連困顛踣愚蒙怯幽耿非令親愛踈誰使心神悄偶茲遁山水得以觀魚鳥吾子幸淹畱緩我愁腸繞

構法華寺西亭集有永州法華寺新作西亭記云余時謫

爲永州司馬外常員而心得無事乃取官之禄秩以爲亭其高且廣蓋方丈者二焉

竄身楚南極山水窮險艱步登最高寺蕭散任踈頑西垂下斗絶欲似窺人寰反如在幽谷榛翳不可攀命童恣披翦葺宇横斷山割如判清濁飄若昇雲間遠岫攢衆頂攢聚也徂九切澄江抱清灣灣水曲夕照臨軒墮棲鳥當我還菡萏溢嘉色爾雅荷芙蕖其華菡萏其實蓮其根藕其中的的中薏篔簹遺清斑篔簹竹名異物志曰篔簹生於水邊長數丈圍一二尺五六寸一節相

去六七尺或一丈盧陵界有之始興以神舒
南又多。篔音云簹音當。清一作漬
屛羈鎖志適忘幽潺棄逐久枯槁迨今始開
顏賞心難久留離念來相關北望間親愛南
瞻雜夷蠻置之勿復道且寄須臾閑

夏夜苦熱登西樓

苦熱中夜起登樓獨褰衣山澤凝暑氣星漢
湛光輝火晶燥露滋野靜停風威探湯汲陰
井論語見不善如探湯煬竈開重扉莊子煬者避竈憑欄久徬
徨流汗不可揮莫辯亭毒意仰訴璿與璣筆墨

聞録曰此以刺當時之政也諒非姑射子靜勝安能希莊子藐姑射之山有神人居焉大浸稽天而不溺大旱金石流火山焦而不熱希望也列子姑射山在海河洲中山上有神人焉吸風飲露不食五穀○射音亦

覺衰

久知老會至不謂便見侵今年宜未衰稍已來相尋齒疎髮就種左氏盧蒲嫳曰余髮如此種種余奚能爲種種髮短也○種音踵奔走力不任咄此可柰何未必傷我心彭聃安在哉周孔亦已沉古稱壽聖人曾不留至今但願得美酒朋友常共斟是時

◎

春向暮桃李生蘩陰日照天正綠杳杳歸鴻

吟出門呼所親扶杖登西林高歌足自快商

頌有遺音莊子曰曳縱而歌商頌聲蒲天地若出金石

遊南亭夜還叙志七十韻詩云岷兕既云捕元和元年擒西川劉闢也又云吳虜亦已鏖二年誅浙西李錡也浙西平在十二月而此詩有秋月高明之語其三年秋歟

夙抱丘壑尚夙早也率性恣遊遨禮記率性之謂道注云率循也中爲吏役牽十祀空悁勞悁忿也憂悒也音淵又音絹

外曲徇塵轍私心寄英髦進乏廊廟器退非

明一作期

鄉曲豪天命斯不易鬼責將安逃屯難果見
凌剥喪宜所遭神明固浩浩衆口徒嗷嗷投
跡山水地謂永州也放情詠離騷屈原離騷也賈誼傳曰離遭也
憂勤曰騷遭憂而作是辭再懷曩歲期容與馳輕舠詩誰謂河
廣曾不容舠舠小舟音刀虛館背山郭前軒面江皐重疊
閒浦溆浦溆出楚辭溆水浦也音叙邐迤驅巖嶅嶅山多小石音
敖積翠浮澹灩始疑負靈鼇楚辭天問鼇戴山抃河以安之
叢林留衝飇石礫迎飛濤曠朗天景霽樵蘇
遠相號樵取薪也蘇取草也漢書樵蘇後爨師不宿飽左太冲魏都賦樵蘇往而

無忌澄潭湧沉鷗半壁跳懸猱奴刀切鹿鳴驗食
野詩呦呦鹿鳴食野之苹魚樂知觀濠莊子與惠子游於濠梁之上莊
子曰儵魚出游從容是魚樂也孤賞誠所悼暫欣良足褒留
連俯櫺檻櫺窻櫺檻闌也注我壺中醪朶頤進芰實
易觀我朶頤朶頤嚼也芰菱也音騎擢手持蟹螯晉書畢卓傳左手持蟹螯
之大者也炊稻視爨鬥鱠鮮聞操刀聞一作閔野蔬盈
傾筐詩采采卷耳不盈傾筐傾筐畚屬易盈之器頗雜池沼芼左氏
澗溪沼沚之毛芼草也。芼音毛又去聲緬慕鼓枻翁嘯咏哺其
糟楚詞漁父章屈原曰衆人皆醉惟我獨醒漁父曰衆人皆醉何不餔其糟而歠其醨

忘水也

屈原曰云云漁父莞爾而笑鼓枻而去退想鼓枻者叩船鳴也枻楫也○枻音曳於陵子三咽資李螬孟子曰陳仲子豈不誠廉士哉處於於陵三日不食井上有李螬食實者過半矣匍匐往將食之三咽然後耳有聞目有見也○螬虫名音曹斯道難爲借沉憂安所韜曲渚怨鴻鵠怨謂哀鳴也環洲彫蘭草草葛之白花音皐暮景廻西岑北流逝滔滔徘徊遂昏黑遠火明連艘艘船摠名○艘音騷木落寒山靜江空秋月高斂袂戒還徒善游矜所操列子曰吾嘗濟乎觴深之淵津人操舟若神吾問焉曰操舟可學邪曰善游者數能○趣淺戢長枻戢斂也乘深屛輕篙曠望

河東卷之三　十　寧美堂

援深竿哀歌叩鳴艚艚船也音曹中川恣超忽漫
若翔且翱淹泊遂所止野風自颾颾音騷澗急
驚鱗奔蹊荒饑獸嗥入門守拘縶悽慼憎鬱
陶慕士情未忘懷人首徒搔內顧乃無有德
輶甚鴻毛詩德輶如毛輶輕也名竊久自欺食浮固云
叨坊記君子與其使食浮於人也寧使人浮於食食謂祿也在上曰浮問牛悲
釁鐘齊宣王坐於堂上有牽牛而過堂下者曰將以釁鐘釁者殺牲以血塗其釁隙
說彘驚臨牢莊子祝宗人玄端以臨牢筴說彘曰汝奚惡死吾將三月豢汝
十日戒三日齋藉白茅加汝肩尻乎彫俎之
上則汝爲之乎爲彘謀曰不如食以糟糠而

錯之牢筴之中。說音稅永逌刀筆吏曹參傳蕭何曹參皆起秦刀筆吏師古曰刀所以削書古者用簡牒故吏皆以刀筆自隨寧期簿書曹中輿

遂羣物裂壤分鞬櫜左傳右屬櫜鞬櫜鞬韔弓矢之器。鞬居言切櫜音皐岷凶既云捕岷蜀山名謂元和元年十月劉闢伏誅吳虜

亦已鏖謂二年十月李錡伏誅霍去病傳合短兵鏖蘭皐下師古曰鏖謂苦擊而多殺也。鏖於刀切扞禦感方虎方叔召虎周宣王二臣名謨明富

伊咎謂伊尹皐陶也。咎與皐同披山窮木禾山海經曰崑崙山上有木禾長五尋大五圍郭璞云木禾穀類者也駕海逾蟠桃史記東至于蟠木注海外經曰東海中有山焉名曰度索上有大桃樹蟠屈三千里重來越裳

五一作三

雉周成王時越裳氏獻白雉重九譯而至再返西旅獒書西旅獻獒

左右抗槐棘周禮左九棘孤卿大夫位焉右九棘公侯伯子男位焉面三槐三公位焉縱橫羅鴈羔周禮卿執羔大夫執鴈五辟咸肆宥左氏夏有亂政而作禹刑商有亂政而作湯刑周有亂政而作九刑三辟之興皆叔世也肆宥赦也春秋肆大眚是也衆生均覆燾徒刀切安得奉皇靈在宥解天弢莊子聞在宥天下不聞治天下又曰解其天弢墮其天袠。弢音叨歸誠慰松梓陳力開蓬蒿卜室有鄠杜漢宣帝尤樂杜鄠之間杜鄠長安上邑。鄠音戶名田占灃澇灃水出鄠南澇水出鄠北公與許孟容書云先墓在城南又城西有數頃田樹其此耶。澇音勞

磻谿近餘基蟠谿在鳳翔界阿城連故濠一作壕螟蛑

願親燎去其螟螣及其蟊賊無害我田穉田祖有神秉畀炎火荼堇甘

自嫭詩周原膴膴堇荼如飴荼堇草名嫭嫭除草也。嫭嫭呼豪切饑食期農

耕寒衣俟蠶繅及骭足爲温甯戚歌曰短衣布單衣纔至骭

骭脛骨或曰脅也。骭音肝滿腹寧復饕莊子偃鼠飲河不過滿腹饕餮貪財也。饕音叨

安將蒯及菅詩曰雖有絲麻無棄菅蒯。蒯苦怪切菅音姦

誰慕粱與膏弋林毆雀鷂漁澤從鰌魛鰌魛魚名飲而不食。鱅音因魛音刀

觀象嘉素履易履卦素履往無咎陳詩

謝干旄詩干旄美好善也方託麋鹿羣敢同騏驥槽

處賤無溷濁固窮匪滛慆書無即慆滛慆慢也踉蹌辭
束縛悅懌換煎熬登年徒負版語式負版者注負版者持
邦國之圖籍輿役趨伐鼛周禮以鼛鼓鼓役事鼛大鼓也長丈五尺音皐
目眩絕渾渾耳喧息嘈嘈廣雅嘈啈聲也音曹茲焉畢
餘命富貴非吾曹長沙哀糾纆賈誼爲長沙王太傅作鵩
賦曰禍之與福何異糾纆漢陰嗤桔槔莊子南遊於楚過漢陰見一丈人方
將爲圃畦鑿隧而入井抱甕而出灌子貢曰有械於此鑿木爲機後重前輕挈水若抽其
名爲槔爲圃者忿然而笑曰吾非不知羞而不爲也荷仲擊壤情逸士傳曰
堯時有壤父擊於康衢王充論衡曰堯時百姓無事有五十之民擊壤於塗觀者曰大哉

本注曰藨 5 蒿同

尭之德也擊壤者曰尭何力於我也機事息秋毫莊子漢陰丈人曰有機械
者必有機事海霧多蓊鬱越風饒腥臊寧唯迫魑
魅所懼齊焄藨禮記焄蒿悽愴注云氣也。焄音勳藨悲嬌切知罃
懷褚中知罃在楚鄭賈人有欲置諸褚中以出既謀之未行而楚人歸之賈人如
晉知罃善視之如實出已。知罃音作智鶯范叔戀綈袍史記范雎字叔
變姓名入秦爲相魏須賈使秦雎敝衣見賈賈取一綈袍賜之及見雎數其罪三曰公之
所以得無死者以綈袍戀戀有故人之意故釋公。綈音題伊人不可期
伊人謂褚者中綈袍者慷慨徒忉忉詩無思遠人勞心忉忉忉忉憂心貌
韋道安公嘗爲韋道安傳集載其題而亡其文今觀此詩則公所

以爲之傳者亦必指是事無疑也

道安本儒士頗擅弓劒名二十遊太行暮聞號哭聲疾驅前致問有叟吾華纓纓冠系也言我故刺史失職還西京偶爲羣盜得毫縷無餘羸貨財足非恡二女皆娉婷蒼黃見驅逐誰識死與生便當此殞命休復事晨征一聞激高義眥裂肝膽橫挂弓問所往趫捷超崢嶸趫善走崢嶸山峻貌。趫音喬見盜寒磵陰羅列方忿爭一矢斃酋帥餘黨號且驚麾令遞東縛纆索相

拄撑纆墨索彼妹夊虩䰡詩彼妹者子謂二女也張平子西京賦奪
氣虩䰡虩虩驚也。虩音雉刃下侯誅刑却立不親授孟子男女
授受不親禮也諭以從父行捃收自擔看轉道趨前
程夜發敲石火山林如畫明父子更拖持涕
血紛交零頓首願歸貨納女稱舅甥甥壻也孟子帝
館甥于貳室是也道安奮衣去義重利固輕師婚古
所病威六年齊侯欲以文姜妻鄭太子忽忽辭及其敗戎師也又請妻之忽曰今以
君命奔齊之急而受室以歸是以師婚也民其謂我何遂辭諸鄭伯合姓非用
兵趨來事儒術十載所能逞慷慨張徐州徐泗

（濠節度使張建封）朱邸揚前旌（朱邸謂長安邸舍）投軀獲所願前馬出王城（貞元十三年十月建封來朝道安從之）轅門立奇士（項籍傳羽見諸侯將入轅門張晏曰軍行以車爲陳轅相向爲門顏師古曰周禮掌舍王行則設車宮轅門也）淮水秋風生君侯旣即世（十六年六月建封卒）麾下相歎傾（項籍傳戲下騎從者八百餘人戲大將之旗也音許宜又音許爲漢書通以戲爲旌麾指麾字）立孤抗王命鐘鼓四野鳴橫潰非所壅逆節非所嬰舉頭自引刃顧義誰顧形（是月軍中立建封子愔爲兵馬留後觀詩意建封死軍亂立愔爲留後而道安自殺也）烈士不忘死所死在忠貞咄嗟

狗權子翕習猶趨榮我歌非悼死所悼時世情

哭連州凌員外司馬（凌準字宗一杭州富陽人永貞元年十一月謫連州司馬員外置同正員元和二年卒注許於誌矣）

廢逐人所棄遂爲鬼神欺才難不其然（子曰才難不其然乎）卒與大患期凌人古受氏（周官凌人爲掌氷之官後因以爲氏）吳世夸雄姿（吳志凌統字公績事孫權爲偏將軍二子列封）寂寞富春水（寂寞謂統無其人也富春晉世改曰富春）英氣方在斯

記

【在斯謂在準也】六學誠一貫【六學六藝】精義窮發揮【易係精義
入神以致用也又曰發揮於剛柔而生爻】著書逾十年幽賾靡不
推【賾深也誌云著後漢春秋三十餘萬言又著六經解圍人文集】天庭摛高
文萬字若波馳【準年三十以書干丞相丞相以聞試其文日萬言詩擢爲
崇文館校書郎】記室征西府宏謀耀其奇【建中初準以金吾兵
曹爲邠寧節度書掌謀畫佐節度使韓遊瓌常有大功涇原之亂以】輶軒下東
越列郡蘇疲羸【輶軒輕車邠寧府喪準罷職爲浙東觀察判官撫循疲人
按驗汙吏吏人敬愛東越即謂浙東也○輶音由】宛宛凌江羽來棲
翰林枝【準在浙東治名聞于上召爲翰林學士】孝文留弓劍中

外方危疑抗聲、促遺詔定命由陳辭貞元二十三年正月德宗崩邇臣議祕五日乃下遺詔準獨抗危辭以語同列王伾畫其不可者十七八乃以旦日發喪徒隸肅曹官征賦叅有司準自翰林叅度支調發出納姦利衰止出守、烏江滸永貞元年九月準坐王叔文黨出爲和州刺史烏江即和州也滸水涯老遷湟水湄準由和州降連州司馬湟水連州也高堂傾故國葬祭限囚羈仲叔繼幽淪狂呌唯童兒高堂北堂也準母卒于家準不得歸二弟繼死準二子曰夷仲永仲一門既無主焉、用徒生爲舉聲但呼天孰知神者誰泣盡目無見準母死哭泣遂喪其明腎傷足不持溘死委炎荒溘淹忽也渴荅切臧獲守靈帷平生負國讓骸骨非敢私蓋棺未塞責劉毅云丈夫兒蹤迹不可尋常使混羣小中蓋棺事方定矣孤旐凝寒颸颸輕風也音思念昔始相遇腑腸爲君知進身齊選擇失路同瑕疵本期濟仁義今爲衆所嗤臧名竟不試竟今本作競誤世義安可支恬死百憂盡苟生萬慮滋顧余九逝魂與子各何之我歌誠自慟非獨爲君悲

旦攜謝山人至愚池愚溪詩序云溪有愚池即此也

新沐換輕幘楚詞漁父篇新沐者必彈冠曉池風露清自

諧塵外意況與幽人行霞散衆山迥天高數

鴈鳴機心付當路莊子有機事者必有機心孟子夫子當路於齊聊

適羲皇情陶淵明高卧北窗自號羲皇上人

獨覺

覺來牕牖空寥落雨聲曉良游怨遲暮末事

驚紛擾爲問經世心古人誰盡了

首春逢耕者

南楚春候早餘寒已滋榮土膏釋原野國語陽氣

俱蒸土膏其動膏土潤也百蟄競所營蟄藏也莊子蟄虫始作○蟄直立切
綴景未及郊穡人先偶耕園林幽鳥囀渚澤
新泉清農事誠素務羈因阻平生故池想蕪
没遺畝當榛荊慕隱既有繫圖功遂無成聊
從田父言款曲陳此情眷然撫耒耜迴首烟
雲横

溪居

久為簪組累幸此南夷謫閑依農圃鄰偶似
山林客曉耕翻露草夜榜響溪石榜進船也孔孟切○

一作塝池畔也蒲浪切來往不逢人長歌楚天碧

夏初雨後尋愚溪觀公前後諸詩序溪居之勝可見矣

公沒未幾而故址廢焉劉夢得集有傷愚溪詩三首其引云子厚之謫永州得勝地結茆樹蔬爲沼沚爲臺榭目曰愚溪子厚歿三年有僧遊零陵告余曰愚溪無復曩時矣一聞僧言悲不能自勝遂以所聞爲七言以寄恨今附于後

悠悠雨初霽獨繞清溪曲引杖試荒泉解帶圍新竹沉吟亦何事寂寞固所欲幸此息營營嘯歌靜炎燠

傷愚溪三首　　劉禹錫

溪水悠悠春自來草堂無主燕飛回隔簾
唯見中庭草一樹山榴依舊開
草聖數行留斷壁木奴千樹屬鄰家唯見
里門通德榜殘陽寂歷出樵車
柳門竹巷依依在野草青苔日日多縱有
鄰人解吹笛山陽舊侶更誰過

入黃溪聞猿黃溪柜永州下有從韋使君黃溪祈雨詩此篇豈亦其時作耶

溪路千里曲哀猿何處鳴孤臣淚已盡虚作斷腸聲

韋使君黄溪祈雨見召從行至祠下口號時永州刺史韋中丞黄溪記云溪距州治七十里由東南行六百步至黄神祠即此也祠所從來記具之矣

驕陽愆歲事良牧念菑畬易曰不耕穫不菑畬詩注田一歲曰菑二歲曰新田三歲曰畬列騎低殘月鳴笳度碧虚稍窮樵客路遥駐野人居谷口寒流淨叢祠古木疎史記吳廣之次近所旁叢祠中張晏云叢鬼所憑焉焚香秋霧濕奠

玉曉先初肹蠁巫言報肹蠁出禮記精誠禮物餘

惠風仍偃草靈雨會隨車詩靈雨既零注云靈善也後漢鄭弘爲淮陰太守政不煩苛天旱行春隨車致雨侯罪非眞吏賈誼讀長沙王太傅爲賦弔屈原其詞曰恭承嘉惠兮竢罪長沙公爲永州貞外司馬故曰非眞吏翻

慚奉簡書詩豈不懷歸畏此簡書簡書謂韋使君之召

郊居歲暮

屛居負山郭歲暮鶩離索野逈樵唱來庭空

燒爐落世紛因事遠心賞隨年薄默默諒何

爲徒成今與昨

秋曉行南谷經荒村

杪秋霜露重晨起行幽谷黃葉覆溪橋荒村
唯古木寒花疎寂歷幽泉微斷續機心久已
忘何事驚麋鹿

雨後曉行獨至愚溪北池

宿雲散洲渚曉日鳴村塢高樹臨清池風驚
夜來雨予心適無事偶此成賓主

中夜起望西園值月上

覺聞繁露墜開戶臨西園寒月上東嶺泠泠

踈竹根石泉遠逾響山鳥時一喧倚楹遂至旦寂寞將何言

零陵春望零陵永州郡名

平野春草綠曉鷺啼遠林日晴瀟湘渚雲斷岣嶁岑岣嶁衡山別名音矩縷又上音古右切下音九后切仙駕不可望世途非所任疑情空景慕萬里蒼梧陰舜葬蒼梧之野於江南九疑是爲零陵

從崔中丞過盧少府郊居中丞崔公永州刺史也

寓居湘岸四無鄰世網難嬰每自珍（選世網嬰我身）

蒔藥閑庭延國老（本草甘草名國老謂其在諸藥衆中爲君也）開樽虛室值賢人（魏志徐邈傳鮮于輔云醉客謂酒清爲聖人濁者爲賢人）泉迴淺石依高柳逕轉垂藤間綠筠聞道偏爲五禽戲（後漢華佗言吾有一術名五禽之戲一曰虎二曰鹿三曰熊四曰猨五曰鳥體有不快起作一禽之戲以當導引）出門鷗鳥更相親（列子海上之人有好鷗鳥者每旦之海上從鷗鳥游鷗鳥之至者徃而不止）

夏晝偶作

南洲溽暑醉如酒隱机熟眠開北牖日午獨

覺無餘聲山童隔竹敲茶臼

雨晴至江渡

江雨初晴思遠步日西獨向愚溪渡渡頭水落村逕成潦亂浮槎在高樹槎水中浮木鉏加切

江雪

千山鳥飛絶萬逕人蹤滅孤舟蓑笠翁獨釣寒江雪洪駒父詩話云東坡曰鄭谷詩江上晚來堪畫處漁人披得一蓑歸此村學中詩也子厚云孤舟蓑笠翁獨釣寒江雪信有格哉殆天所賦不可及也

冉溪冉溪即愚溪也元和五年公易其名爲愚溪

少時陳力希公侯論語陳力就列許國不復爲身謀

風波一跌逝萬里跌失足也徒結切壯心瓦解空縲

囚漢書徐樂曰天下之患在於土崩不在瓦解縲囚終老無餘事

願卜湘西冉溪地却學壽張樊敬侯種漆南

園待成器後漢樊重字君雲嘗欲作器物先種梓漆時人嗤之然積以歲月皆得其用重封壽張侯謚曰敬

法華寺西亭夜飲賦得酒字集有法華寺西亭夜飲賦詩序此其詩也序見二十四卷

祇樹夕陽亭祇樹取諸經中祇樹給孤獨者也共傾三昧酒

解云

霧暗水連堦月明花覆牖筆墨間録云平野春草緑曉鶯啼遠林日晴瀟湘渚雲斷岣嶁岑又云菖蒲溢嘉色質篔遺清斑又霧暗水連堦月明花覆牖其句律全似謝臨川莫厭罇前醉相看未白首

戲題石門長老東軒前有法華寺石門精室詩又法華寺西亭記云有僧曰覺照豈即此長老耶

石門長老身如夢旃檀成林手所種旃檀香名坐來念念非昔人萬徧蓮花爲誰用誦妙法蓮華經也如今七十自忘機貪愛都忘筋力微莫向東軒春野望花開日出雉皆飛古樂府有雉朝飛操吳兢古題

牧犢子所作也牧犢子年七十無妻出野見雉雌雄相隨因援琴而歌以自傷長老亦年七十公豈以是戲之耶

筇簷下始栽竹

瘴茆葺爲宇溽暑恒侵肌適有重膇疾威六年有沉溺重膇之疾膇足腫直類切蒸鬱寧所宜東鄰幸導我樹竹邀凉颸欣然愜吾志荷鍤西巖垂楚壤多怪石墾鑿力已疲江風忽云暮輿曳還相追蕭瑟過極浦旖旎附幽墀旖旎旗從風貌貞根期永固貽爾寒泉滋夜窻遂不掩羽翮寧復持諸葛

亮乘素輿葛巾持白羽扇清泠集濃露枕簟淒已知網蟲依密葉綢一作細曉禽棲迥枝豈伊紛囂間重以心慮怡嘉爾亭亭質自遠棄幽期不見野蔓草詩野有蔓草蓊蔚有華姿諒無凌寒色一作豈雲色與青山辭

種仙靈毗藥名本草所謂淫羊藿者是也

窮陋闕自養癘氣劇囂煩癘謂疾疫音厲隆冬乏霜霰日夕南風溫杖藜下庭際曳踵不及門門有野田吏慰我飄零魂及言有靈藥近在湘

躃

西原湘西原水州也服之不盈旬鼈躃皆騰騫鼈躃跛也說文云旋行貌字出莊子云鼈躄爲仁騰騫猶云飛騰也○鼈蒲結切躃音薛笑抃前即吏爲我擢其根蔚蔚遂充庭英英翹忽已繁英華也翹高貌晨起自採曝杵曰通夜喧靈和理內藏攻疾貴自源壅覆逃積霧神舒委餘暄奇功苟可徵寧復資蘭蓀蓀香草息昆切我聞畸人術莊子子貢問孔子曰敢問畸人曰畸人者略於人而詳於天畸謂不耦於人闕於禮教也又云奇異也○畸居宜切一氣中夜存孟子梏之反覆則其夜氣不足以存能令深深息呼吸還歸跟莊子其息深深又曰真人之息

◎

以踵跟踵也○跟音根踈放固難效且以藥餌論瘻者不忘起韓王信傳如痿人不忘起盲者不忘視瘻風痺病也儒隹切窮者寧復言神哉輔吾足幸及兒女奔

種术

守閑事服餌採术東山阿東山幽且阻疲苶煩經過疲音皮苶乃結切戒徒斸靈根斸說文云斫也陟玉切封植閟天和違爾澗底石徹我庭中莎土膏滋玄液國語土膏其動膏潤澤氣松露墜繁柯南東自成畞詩南東其畝繚繞紛相羅晨步佳色媚夜眠幽

氣多離憂苟可怡孰能知其他爨竹茹芳葉

寧處瘵與瘥瘵瘥病也留連樹蕙辭楚詞屈原離騷經余既滋蘭之九畹兮又樹蕙之百畝婉娩採薇歌伯夷叔齊隱於首陽山作歌曰登彼西山兮採其薇矣以暴易暴兮不知其非矣悟拙甘自足激清

愧同波莊子與道同波單豹且理內高門復如何莊子魯有單豹者巖居而水飲不與民共利行年七十而有嬰孩之色不幸遇餓虎餓虎殺而食之有張毅者高門縣薄无不走也行年四十而有內熱之病以死豹養其內而虎食其外毅養其外而病攻其內○單音善

種白蘘荷白蘘荷蓴苴也春初生葉似甘蕉根似薑而肥其根

莖堪爲菹治蠱毒。蘘人羊切

皿蟲化爲癘皿蟲爲蠱注云皿器也器受蟲害者爲蠱害者爲蠱癘音厲

夷俗多所神銜猜毎腊毒國語嗜味厚腊毒腊乾肉謀冨不爲仁孟子陽虎曰爲富不仁矣爲仁不富矣蔬果自遠至盃

酒盈肆陳言甘中必苦何用知其真華潔事

外飾尤病中州人錢刀恐賈害漢書食貨志王莽造大錢并契刀錯刀鑯名爲刀以其利於民也。賈音古饑至益逡巡竄伏

常戰慄懷故逾悲辛庶氏有嘉草氏一作民恐非攻

禬事久泯周禮庶氏掌除蠱毒以攻說禬之嘉草攻之禬古外切又音會泯音

本草注宗懔曰嘉草乃蘘荷也干宝搜神记蒋士先中蛊家人密以蘘荷置于席下忽大笑曰蛊我者张小也

民山海經空桑之山西望泯澤炎帝垂靈編今本草也按本草白蘘荷主中蠱中蠱者服其汁并卧其葉即呼蠱主姓名言此殊足珍崎嶇乃有得託以全余身紛敷碧樹陰聆睞心所親聆音類睞洛代切蘘荷性好陰在木下生者尤美潘岳閑居賦曰蘘荷依陰

新植海石榴

弱植不盈尺遠意駐蓬瀛蓬萊瀛洲海中山名此海石榴也故有蓬瀛之句月寒空堦曙幽夢綵雲生糞壤擢珠樹列子渤海之東大壑焉其中有五山珠玕之樹叢生博物志三株樹生赤水上莓苔插瓊英詩尚之以瓊英乎而注云瓊英石似玉者此言莓苔插瓊英則瓊玉

之英華也芳根闕顏色徂歲爲誰榮

戲題堦前芍藥

凡卉與時謝妍華麗茲晨欹紅醉濃露窈窕留餘春孤賞白日暮暄風動搖頻夜窓藹芳氣幽卧知相親願致溱洧贈詩溱與洧方渙渙兮維士與女伊其相謔贈之以芍藥。洧榮美切悠悠南國人

始見白髮題所植梅石榴樹

幾年封植愛芳叢韶艷朱顏竟不同從此休論上春事看成古木對衰翁

植靈壽木漢書孔光平帝時爲太師賜靈壽杖孟康曰扶老杖也服虔曰靈壽木名師古曰木似竹有枝節長不過八九尺圍三四寸自合杖制不須削治

白華鑒寒水怡我適野情前趨問長老重復欣嘉名蹇連易衰朽易往蹇來連蹇難也力㑒切方剛謝經營詩旅力方剛經營四方敢期齒杖賜周禮共王之齒杖注云王所以賜老者之杖聊且移孤莖叢萼中競秀分房外舒英柔條作反植勁節常對生循覩足志疲稍覺步武輕安能事翦伐蔽芾甘棠勿翦勿伐持用。

資徒行論語以吾從大夫之後不可徒行也

自衡陽移桂十餘本植零陵所住精舍精舍謂永州龍興寺也公至永時即居此寺後四五年則居愚溪矣

謫官去南裔裔邊也清湘繞靈岳靈岳謂衡山也衡山爲靈岳晨登蒹葭岸霜景霽紛濁離披得幽桂芳本欣盈握火耕困煙燼火耕即畬田也漢武帝紀江南之地火耕水耨應劭曰燒草下水種稻草與稻並生高七八寸因芟去復下水灌草死獨稻長所謂火耕水耨薪採久摧剝道旁且不願岑嶺況悠邈

傾筐壅故壤棲息期鸞鷟鸞與鸑鷟也路遠清凉宮一雨悟無學月中名廣寒清虛之府清凉宮指月而言也謂月中有仙桂而清凉此桂樹得一雨而霑澤之則亦數榮矣何用學月中耶南人始珍重徵我誰先覺芳意不可傳丹心徒自渥詩顔如渥丹

湘岸移木芙蓉植龍興精舍

有美不自蔽安能守孤根盈盈湘西岸秋至風露繁麗影别寒水穠芳委前軒芰荷諒難雜反此生高原蓮花亦謂之芙蕖楚詞云集芙蓉以爲裳是也此詩所謂

木芙蓉則今之拒霜花生於岸際故云芰荷諒難雜反此生高原

早梅

早梅發高樹迥映楚天碧朔吹飄夜香繁霜滋曉白欲爲萬里贈贈字本陸凱詩江南無所有聊贈一枝春者也杳杳山水隔寒英坐銷落何用慰遠客

南中榮橘柚謝玄暉詩云南中榮橘柚寧知鴻鴈飛

橘柚懷貞質受命此炎方楚詞惜往日章后皇嘉樹橘徠服兮受命不遷生南國兮王逸云南國謂江南也橘受命於江南不可移徙種於北地則化而爲枳永州在唐屬山南道故云密林耀朱綠晚歲有餘芳殊

風限清漢飛雪滞故鄉攀條何所歎北望熊與湘熊與湘二山名

紅蕉廣志曰芭蕉一曰芭蕉或曰甘蕉

晚英值窮節緑潤含朱光以兹正陽色陽一作陰窈窕凌清霜遠物世所重旅人心獨傷回暉眺林際戚戚無遺芳戚戚一作摵摵

巽公院五詠巽公重巽也居永州龍興寺集有送巽上人序

筆墨間録云退之號州三堂二十一詠子厚巽公院五詠取韻各精切非復繼肆而作随其題觀之其工可知也

淨土堂

結習自無始淪溺窮苦源流形及茲世始悟三空門華堂開淨域圖像煥且繁清泠梵衆香微妙歌法言稽首媿導師超遥謝塵昏

曲講堂

寂滅本非斷文字安可離曲堂何爲設高士方在斯聖默寄言宣分别乃無知趣中即空假名相與誰期願言絶聞得忘意聊思惟

禪堂

發地結菁茆（書包匭菁茆此云結菁茆謂以菁茆茨屋）團團抱虛白（莊子虛室生白）山花落幽戶中有忘機客（筆墨閒錄云此聯不觀名篇知是禪室也）涉有本非取照空不待析萬籟俱緣生窅然喧中寂（窅深也音杳）心境本同如鳥飛無遺跡

芙蓉亭

新亭俯朱檻嘉木開芙蓉清香晨風遠溽彩寒露濃瀟灑出人世低昂多異容嘗聞色空喻（多心經云色即是空空即是色）造物誰爲工留連秋月晏

迢遞來山鍾

苦竹橋

危橋屬幽徑繚繞穿踈林迸籜分苦節輕筠抱虛心俯瞰涓涓流仰聆蕭蕭吟差池下煙日嘲哳鳴山禽嘲陟交切哳陟轄切一本作啁諒無要津用棲息有餘陰

梅雨四時纂要云梅熟而雨曰梅雨江東呼爲黃梅雨筆墨閒錄云此詩不減老杜

梅實迎時雨蒼茫値晚春愁深楚猿夜夢斷

越雞晨莊子越雞不能伏鵠卵越雞小雞海霧連南極江雲暗北津素衣今盡化非爲帝京塵陸士衡詩京洛多風塵素衣化爲緇謝朓詩云誰能久京洛緇塵染素衣

零陵早春

問春從此去幾日到秦原憑寄還鄉夢殷勤入故園

田家三首○筆墨間録云田家詩鷄鳴村巷白云云又里胥夜經過云云絕有淵明風味

蓐食徇所務左傳秣馬蓐食蓐食晨炊○蓐音辱驅牛向東阡

阡謂阡陌南北日阡東西日陌雞鳴村巷白夜色歸暮田札
札耒耜聲飛飛來鳥鳶竭玆筋力事持用窮
歲年晝輸助徭役徭音搖聊就空自眠子孫日
巳長世世還復然
籬落隔煙火農談四鄰夕庭際秋蟲鳴疎麻
方寂歷蠶絲晝輸稅機杼空倚壁里胥夜經
過雞黍事遊席各言官長峻文字多督責東
鄉後租期車轂陷泥澤公門少推恕鞭朴恣
狼籍努力慎經營肌膚真可惜迎新在此歲

唯恐踵前跡

古道饒蒺藜，縈迴古城曲。蓼花被堤岸，陂水寒更渌。是時收穫竟，落日多樵牧。風高楡柳疎，霜重梨棗熟。行人迷去住，野鳥競棲宿。田翁笑相念，昏黑慎原陸。今年幸少豐，無厭饘與粥。饘諸延切

行路難三首意皆有所諷上篇謂志大如夸父者竟不免渴死反不若北方之短人亦足終天年盍自謂也中篇謂人才衆多則國家不能愛養逮天下多事則狼顧而嘆無可用之才盍言同

古字多通用上林賦潎洌杜詩批捩又撇烈与瞥裂亦同

華諸公一時貶黜之意也下篇謂物適其時時則無有不貴及時異事遷則貴者反賤盍言其前日居朝行而今日貶黜之意也當是貶永州後作

君不見夸父逐日窺虞淵列子夸父不量力欲追日景逐之於隅谷之際隅谷虞淵日所入處跳踉北海超崑崙跳徒彫切踉呂唐切披霄決漢出沆漭沆下黨切漭毋黨切瞥裂左右遺星辰杜子美云千騎常瞥裂口瞥匹蔑切須臾力盡道渴死夸父渴欲飲走飲河渭河渭不足將北走飲大澤未至道渴而死弃其杖尸膏肉所浸生鄧林鄧林彌廣千里狐鼠蜂蟻爭噬吞北方竫人長九寸列子

土一作裁

東北極有人名竫人長九寸山海經曰東海之外有小山人名曰竫人○竫疾郢切又一音爭開口抵掌更笑喧啾啾飲食滴與粒生死亦足終天年睢盱大志小成遂睢許規切盱音吁坐使兒女相悲憐

虞衡斤斧羅千山周禮虞衡作山澤之林注云虞衡掌山林之官也掌山澤者是謂之虞焉掌川林者是謂之衡焉周禮又云山虞掌山澤之禁令林衡掌巡林麓之禁令工命採斫杙與椽杙縻音弋深林土剪十取一百牛連鞅摧雙轅鞅牛羈也萬圍千尋妨道路圍繞也東西蹷倒山火焚遺餘毫末不見保躪

躒磵鼇何當存躝音吝躒音歷磵音澗羣材未成質已天突兀崒嵂空嵒巒崒許交切諸韻無從山旁者唯集韻有崒字云嵂宮殿高貌嵂呼括切嵒魚咸切巒音鸞栢梁天災武庫火漢武帝大初元年十一月栢梁臺災晉惠帝元康五年閏十月武庫火累代異寶一時蕩盡人火曰火天火曰災匠石狼顧相愁寃君不見南山棟梁益稀少愛才養育誰復論飛雪斷道冰成梁侯家熾炭雕玉房雕玉房以雕玉飾房也蟠龍吐耀虎喙張熊蹲豹躑爭低昂古者屑炭和作獸形龍虎熊豹皆屑炭之形也○蹲音存躑直炙切攢巒叢崿射

朱光崿五各切丹霞翠霧飄奇香美人四向迴明璫璫耳珠雪山冰谷晞太陽星䨙奔走不得止奄忽雙鸞棲虹梁風臺露榭生光飾死灰棄置參與商莊子心若死灰韓安國曰死灰獨不然乎左傳辰爲商星參爲晉星參商相去之遠也揚子曰吾不覩參辰之相比也王志長雜詩王事離我志殊隔過參商盛時一去貴反賤桃笙葵扇安可當東坡云不知桃笙爲何物偶閱方言簟宋魏之間謂之笙乃悟桃笙以桃竹爲簟也梁簡文答湘南王獻簟書云五離九折出桃枝之翠筍乃謂桃枝竹簟也桃竹出巴渝間杜子美有桃竹杖歌詩話云余按唐萬年尉段公路北方録云瓊州紅籐簟方言謂之笙或曰籧篨亦曰行唐

沈約奏彈歙令仲文秀恣橫云令吏輸六尺笙四十領何東坡忘此耶又左思太中吳都賦云桃笙象簟韜於筒中注云桃笙桃枝簟也吳人謂簟爲笙劉夢得有詩云蕙風香塵尾月露濡桃笙葵扇出謝安傳安鄉人有蒲葵扇五萬安乃取其中者捉之京師士庶競市價增數倍

聞籍田有感 元和五年十月憲宗詔來年正月十六日東郊籍田勅有司修撰儀注

天田不日降皇輿 張衡東京賦云躬三推於天田修帝籍於千畝楚詞恐皇輿之敗績皇輿天子車也

留滯長沙歲又除 賈誼貶長沙王傳公以誼況已也

宣室無由問釐事 後歲餘文帝思誼徵至入見上方受

釐坐宣室上因感鬼神事而問鬼神之本周誼且道所以然之故釐祭餘肉也音禧

南何處託成書司馬遷自敘太史公留滯周南執遷手泣曰今天子封泰山而余不得從行是命也夫汝爲太史無忘吾所欲論著矣元和五年十月憲宗詔來年正月十六日東郊籍田敕有司修撰儀注公自言留滯永州如太史公之不得從行也

跂烏詞跂舉一足也此詞及下籠鷹放鷓鴣皆以自况

城上日出羣烏飛鴉鴉爭赴朝陽枝鴉鴉烏聲詩梧桐生矣于彼朝陽朝陽日初出處刷毛伸翼和且樂爾獨落魄今何爲落魄不撿也又不得志貌。魄音託又旁各切無乃慕高近白日三足妬爾令爾疾五經通義云日中有三足烏春秋元命包云日中有三足烏無乃飢啼走路旁貪鮮攫肉人所傷漢書黃覇爲潁川太守嘗欲有所伺察擇長年吏遣行吏出不敢舍郵亭食於路旁烏攫其肉翅肖獨足下叢薄莊子肖翹之物口獨足一足也

銜低枝始能躍還顧泥塗備螻蟻仰看棟梁防鷙雀左右六翮利如刀楊子鷦鵬沖天踊不任六翮乎

身失勢不得高支離無趾猶自免莊子支離疏者上有大役則支離以有常疾不受功上與病者粟則受三鍾與十束薪夫支離其形者猶足以養生又魯有兀者叔山無趾見仲尼曰吾唯不知務而輕用吾身吾是以亡足今吾來也猶有尊足者存吾是以務全之也努力低飛逃後患

籠鷹詞

淒風淅瀝飛嚴霜（秋風曰淒風　淅瀝風聲）蒼鷹上擊翻曙光雲披霧裂虹蜺斷霹靂掣電捎平岡（傅玄蜀都賦曰鷹則流星擢景奔電飛光　掣挽也　尺裂切）砉然勁翮翦荊棘（砉然羽翮之聲　莊子砉然嚮然　○砉呼鵙切又霍虢呼歷二切）下攫狐兔騰蒼茫爪毛吻血百鳥逝獨立四顧時激昂炎風溽暑忽然至（月令孟夏之月土潤溽暑）羽翼脫落自摧藏草中狸鼠足爲患一夕十顧驚且傷但願清商復爲假（孟秋之月涼風至則鷹乃祭鳥也）拔去萬累雲

芍藥根主和五藏又辟毒氣故合之於蘭桂五味以助諸氣因呼五味之和為芍藥耳人呼馬肝馬腸為形合芍藥而煮之

間翔累一作里

放鷓鴣詞

楚越有鳥甘且腴嘲嘲自名為鷓鴣鷓鴣鳥名出南越其鳴自呼南飛不北徇媒得食不復慮媒謂所以機致鷓鴣者機潛發羅罝罦罝罦網也○罝音嗟罦音孚羽毛摧折觸籠籞音語煙火煽赫驚庖廚鼎前芍藥調五味司馬相如賦芍藥之和具而後御芍藥香藥膳夫攘腕左右視齊王不忍觳觫牛孟子齊宣王坐於堂上有牽牛而過堂下者曰將以釁鐘王曰吾不忍其觳觫若無罪而就死地簡子亦放邯鄲鳩列子邯鄲

之民獻鳩於簡子簡子厚賞之客問其故簡子曰正旦放生示有恩也及孔叢子亦曰元旦有人獻鳩於簡子簡子厚賞之而放其鳩邯鄲趙地

二子得意猶念此（二子它本作二君或又作二臣也）況我萬里爲孤因破籠展翅當遠去同類相呼莫相顧（筆墨閒錄云蓋以自況其欲遠傳類也）

龜背戲（其製不可詳觀詩意乃亦博棊之類爾狀如龜背因以爲名云）

長安新技出宮掖喧喧初徧王侯宅玉盤滴瀝黃金錢皎如文龜麗秋天（麗著也易云日月麗乎天）八

方定位開神卦六甲離離齊上下投變轉動玄機畢星流霞破相參差四分五裂勢未已出無入有誰能知乍驚散漫無處所須臾羅列已如故徒言萬事有盈虛終朝一擲知勝負劉毅家無儋石之儲樗蒲一擲百萬修門象碁不復貴楚詞招魂章魂兮歸來入脩門些又云崑蔽象碁有六博些注修門郢城門○一本作循門非是魏宮粧奩世所棄世說彈碁始自魏宮內粧奩之戲文帝於此技特妙能用手巾角拂之豈如瑞質耀奇文願持千歲壽吾君史記龜千年遊蓮葉之上廟堂巾笥非余慕莊子楚有神龜死已

三千歲矣王巾筒而藏之廟堂之上錢刀兒女徒紛

紛刀錢見上白囊

荷詩注

聞黃鸝

黃鸝即倉庚也一名搏黍

倦聞子規朝暮聲子規即鶗鴂名杜鵑不意忽有黃鸝一聲夢斷楚江曲蒲眼故園春意生茗溪詩話云感物懷土不盡之意備見於此兩句中不在多也。一本意生作草綠目極千里無山河目極作故園麥芒際天擺青波王畿優本少賦役務閑酒熟饒經過此時晴煙最深處舍南巷北遥相語翻日迥度昆明飛昆明

一本無生字
梓以上閒字

池名凌風邪看細柳翥翥飛舉也章恕切我今誤落千
萬山身同傖人不思還傖楚人別種音助耕切鄉禽何
事亦來此令我生心憶桑梓詩維桑與梓必恭敬止閑
聲迴翅歸務速西林紫椹行當熟說文椹桑實也詩食
我桑椹懷我好音○椹食荏切
渾鴻臚宅聞歌效白紵白紵古歌詞名起於吳地
疑爲吳曲
翠帷雙卷出傾城漢書李延年歌曰北方有佳人絕世而獨立一顧傾
人城再顧傾城國龍劒破匣霜月明龍泉太阿皆劒名也龍藻亦劒

也彩也晉雷煥得寶劍入水化爲龍而去朱脣掩抑悄無聲金簧玉磬宮中生笙有十三簧象鳳之身呂氏春秋堯命夔拊石擊石象上帝玉磬之音以舞百獸下沉秋水激太清天高地迥凝日晶羽觴蕩漾何事傾宋玉招䰟瑤漿蜜勺實羽觴

楊白花南史楊白花武都仇池人少有勇才容貌瓌偉胡太后逼幸之白花懼禍會父大眼卒白花擁部曲南奔於梁太后追思不已爲作楊白花歌使宮人晝夜連臂蹋蹄歌之聲甚悽斷楊白花位至太子左衛率補注詩彥周詩話曰子厚樂府楊白花言婉而情深古今絕唱也

楊白花風吹渡江水坐令宮樹無顏色搖蕩春光千萬里茫茫曉日下長秋長秋皇后宮哀歌未斷城鵶起

漁翁

東坡云詩以奇趣爲宗反常合道爲趣熟味此詩有奇趣然其尾兩句雖不必亦可

漁翁夜傍西巖宿集中有西山宴遊記西巖即西山也曉汲清湘燃楚竹煙銷日出不見人欸乃一聲山水綠山谷嘗書元次山欸乃曲云欸音媪乃音靄湘中棹歌聲子厚漁父詞有欸乃一聲山水綠之句誤書欸乃後生多承誤妄用之可笑苕溪漁隱曰又元次山集欸乃曲注云

欸音襖乃音靄棹船之聲洪駒父詩話謂欸音靄乃音襖遂反其音是不曾看次山集及山谷碑而妄爲之音耳迴看天際下中流巖上無心雲相逐陶淵明歸去來詞雲無心而出岫

飲酒

筆墨閒録曰飲酒詩絶似淵明

今旦少愉樂起坐開清樽舉觴酹先酒本注云始爲酒者也。酹音耒先息見切爲我驅憂煩須臾心自殊頓覺天地暄連山變幽翳緑水函晏温藹藹南郭門集有楊誨之書云吾待子郭南亭上而此云南郭門亦永州也樹木一何繁清陰可自庇竟夕聞佳言盡醉無復辭

◎

偃卧有芳蓀彼哉晉楚富孟子晉楚之富不可及也彼以其富我以吾仁此道未必存

讀書

幽沉謝世事俛默窺唐虞上下觀古今起伏千萬途遇欣或自笑慼慼亦以吁縹帙各舒散縹帛青白色疋沼切前後互相逾瘴痾擾靈府日與往昔殊臨文乍了了徹卷兀若無集有與揚京兆書云往時讀書自以不至底滯今皆頑然無復省録每讀古人一傳數紙已後則再三伸卷復觀姓名旋又廢失即此所謂徹卷兀若無者竟夕誰與言竟字今本多誤

作競但與竹素俱選張景陽雜詩遊思竹素園注竹素皆古人所用書文言游思古人典籍也倦極更倒臥熟寐乃一蘇欠伸展肢體禮記君子欠伸撰杖屨吟咏心自愉得意適其適非願爲世儒道盡卽閉口蕭散捐囚拘巧者爲我拙智者爲我愚書史足自悦安用勤與劬貴爾六尺軀勿爲名所驅

感遇二首永州作

西陸動凉氣昭四年左傳曰在北陸而藏冰西陸朝覿而出之陸道也驚烏號北林棲息豈殊性集枯安可任晉語云暇豫之

吾吾不如烏烏人皆集於苑鴻鵠去不返勾
巳獨集於枯。集一作榮
吳阻且深吳一作昊月令孟春之月其帝太昊其神勾芒徒嗟日沉
湎丸鼓驚奇音漢書史丹傳元帝留好音樂或置鼙鼓殿下天子自臨軒
檻上隤銅丸以撾鼓聲中嚴鼓之節東海久擺蕩南風已駸駸
駸馬行疾七林切坐使青天暮小星愁太陰詩嘒彼小星三
五在東太陰月也眾情嗜姦利居貨指千金史記呂不韋傳
奇貨可居危根一以振齊斧來相尋漢書引易喪其齊斧齊斧
利斧。齊側皆切攬衣中夜起攬音覽一作擥感物涕盈襟
微霜眾所踐誰念歲寒心

旭日照寒野鷽斯起蒿萊詩弁彼鷽斯歸飛提提注云鷽卑居卑居雅烏也小而多羣腹下白○鷽音豫啁啾有餘樂飛舞西陵隈迴風旦夕至爾雅迴風曰飄零葉委陳荄音陔所棲不足恃鷹隼縱橫來

詠史

燕有黃金臺上谷郡圖經曰黃金臺在易水東南十八里燕昭王置千金於臺上以延天下之士遠致望諸君望諸君樂毅也嗛嗛事強怨晉語嗛嗛之德不足就也嗛嗛之食不足狃也注云嗛嗛猶小小嗛音歉口玷切三歲有奇勳史記燕昭王以子之之亂而齊大敗燕昭王怨齊未嘗一日而忘報

齊也樂毅爲魏使燕因委質爲臣昭王以毅爲上將軍伐齊下齊七十餘城皆爲郡縣

悠哉闢壃理東海漫浮雲寧知世情異嘉穀坐熇焚昭王卒子惠王立齊田單縱反間於燕曰齊之所忌唯恐它將之來惠王乃使騎刼代將而召樂毅毅畏誅遂西降趙趙封毅於觀津號曰望諸君○熇呼堯切致令委金石誰顧蠢蠕羣蠢尺尹切蠕而尹切風波欻潛構欻許勿切遺恨意紛紜豈不善圖後交私非所闕爲忠不內顧晏子亦垂文

詠三良文六年左傳秦伯任好卒以子車氏之三子奄息仲行鍼虎爲徇皆秦之良也詩黃鳥哀三良也國人刺穆公以人從死

而作是詩　䟽云秦本紀云穆公
卒葬於雍從死者百七十人然
則死者多矣主傷善
人故言哀三良也

束帶值明后顧盼流輝光一心在陳力鼎列
夸四方鼎列鼎鼎足而列也款款效忠信恩義皎如霜
生時亮同體死沒寧分張壯軀閉幽隧猛志
填黃腸漢書霍光傳賜光黃腸題湊各一具蘇林曰以栢木黃心致累棺故曰黃
腸殉死禮所非禮記子車死於衛其妻與其家大夫謀以殉葬陳子亢曰
以殉葬非禮也況乃用其良東坡作穆公墓篇云昔公生不誅孟明豈有死
之日而忍用其良乃知三子狥公意亦猶齊
之二子從田橫古人感一飯尚能殺其身今

人不復見此等乃以所見疑古人云云霸基弊不振晉楚更張
皇疾病命固亂魏氏言有章宣十五年左傳魏武子有嬖妾無子武子命疾其子顆必嫁是疾病則必以爲殉及卒顆嫁之曰疾病則亂吾從其治也
從邪陷厥父吾欲討彼狂彼狂謂穆公子康公也一作彼康

詠荊軻

燕秦不兩立太子已爲虞燕太子丹謂其太傅鞠武曰丹燕秦不兩立願太傅圖之鞠武乃薦田光於太子光言荊軻可用千金奉短計
匕首荊卿趨荊軻曰樊將軍秦購之金千斤邑萬家誠得樊將軍首獻秦王秦王必悅臣乃得有以報太子豫求天下之利匕首得趙人徐夫人匕首取之百金裝爲

遣荆軻窮年徇所欲兵勢且見屠微言激幽憤怒目辭燕都朔風動易水揮爵前長驅荆軻將入秦至易水之上爲歌曰風蕭蕭兮易水寒壯士一去兮不復還函首致宿怨獻田開版圖荆軻斬樊於期之首及獻燕督亢之地圖函封以入于秦也炯然耀電光掌握罔正夫正一作匹造端何其銳臨事竟趑趄長虹吐白日漢書鄒陽曰荆軻慕燕丹之義白虹貫日太子畏之蒼卒反受誅秦王見燕使者咸陽宮發圖圖窮而匕首見荆軻因左手把其袖而右手持匕首揕之秦王驚自引起軻逐秦王時侍醫夏无且以其所奉藥囊提荆軻秦王拔劒斬之斷其右股於是左右前斬軻按劒赫憑怒

風雷助號呼慈父斷子首狂走無容軀荊軻既死秦王大怒詔王翦伐燕燕代王喜乃遺燕王書曰秦所以追尤燕急者以太子丹故也今誠殺丹丹獻之秦王秦兵必解其後秦將李信追丹丹匿衍水中燕王乃斬丹獻之後五年秦卒滅燕夷城芟七族鄒陽又云荊軻湛七族要離燔妻子臺觀皆焚汙始期憂患弭卒動災禍樞秦皇本詐力事與桓公殊柰何效曹子曹沫事見佩韋賦注實謂勇且愚世傳故多謬太史徵無且太史公曰世言荊軻傷秦王非也始公孫季功董生與夏无且遊具知其事為余道之如是。且子余切掩從夫張進骸詩眼云公哭呂衡州詩足以發明呂温之

俊偉哭夌貞外詩書盡凌準平生掩役夫張進骸既盡役夫之事又反覆自明其意此一篇筆力規模不減莊周左丘明

生死悠悠爾一氣聚散之偶來紛喜怒奄忽已復辭爲役孰賤辱爲貴非神奇一朝纊息定喪大記屬纊以俟絶纊今之新綿易動摇置之口鼻之上以爲候枯朽無妍媸生平勤皂櫪剉秣不告疲詩乘馬在廄剉之秣之既死給槥櫝高祖紀十卒從軍者爲槥服虔曰音衛應劭曰小棺也今謂之櫝。舊本皆作轊櫝轊乃車軸頭也非是葬之東山基柰何值崩湍蕩析臨路垂髐然暴百骸髐髑髏貌古堯切骸一作體散亂不復支從者幸告余睠之㳙然悲猫虎獲迎祭禮記古之君子使之必報之迎猫爲其食田鼠也迎虎爲其食田豕也迎而祭之也犬馬有蓋帷禮記仲尼之畜狗死使子貢埋之曰吾聞之也敝帷不弃爲埋馬也敝蓋不弃爲埋狗也佇立唁爾寃豈復識此爲畚鍤載埋瘞瘞埋也於計切溝瀆護其危我心得所安不謂爾有知掩骼著春令月令孟春之月掩骼埋胔骼各百切兹焉適其時及物非吾輩事一作聊且顧爾私

省試觀慶雲圖詩晏元獻家本有此詩令附于此公貞

元五年舉進士登第此詩九年所作也

設色初成象，卿雲示國都。慶雲一曰卿雲見西京雜記九天開祕社，百辟賛嘉謨。抱日依龍衮，非煙近御爐。史記天官書若煙非煙若雲非雲郁郁紛紛蕭索輪囷是謂慶雲又瑞應圖曰非氣非煙五色氛氳謂之慶雲高標連汗漫，向望接虛無。裂素榮光發，舒華瑞色敷。恒將配堯德，史記稱堯曰就之如日望之如雲垂慶代河圖。

春懷故園

九扈鳴已晚，昭十七年左傳郯子曰少昊之立九扈爲九農正說文曰九扈

扈止也止民史不淫放也

農桑候扈民不婬者也春扈頒鶞夏扈竊玄秋扈竊藍冬扈竊黄棘扈竊丹行扈唶唶宵扈嘖嘖桑扈竊脂老扈鷃、崔豹古今注云春扈氏趣民耕種夏扈趣民耘除秋扈趣民收斂冬扈趣民蓋藏棘扈掌民百藥行扈晝爲民驅鳥宵扈夜爲民除獸桑扈趣民收麥

楚鄉農事春悠悠故池水空待灌園人於陵子辭卿相而桔槔灌園戴宏爲河間相自免歸而灌蔬以經教授向秀與呂安灌園山陽收餘利以供酒食之費范冉學通三經常自賃灌園

河東先生集卷第四十三

東吳郭雲鵬校壽梓

非國語　共二十

河東集四十四〻五終

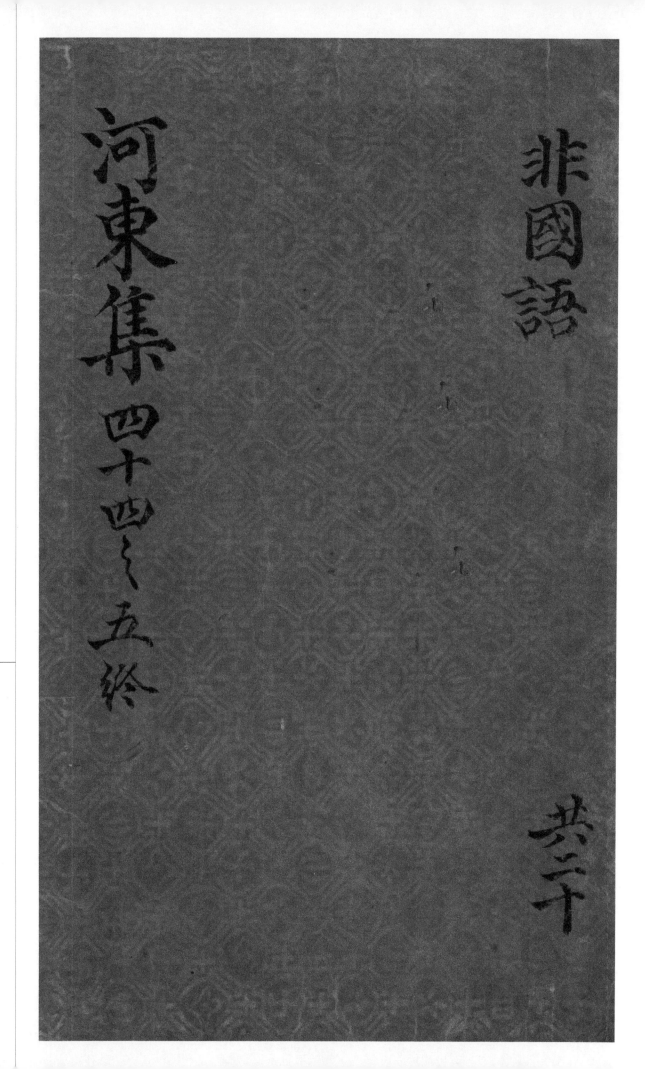

河東先生集卷第四十四

非國語序

國語左丘明所作其文不主於經號曰外傳自遭秦火至漢建安黃武間諸儒頗益之者不一公非之之意於其序見之大抵欲合於理而巳集中有與呂道州書論非國語云身編夷人名在囚籍以道之窮也而施乎事者無日故乃挽引強爲小書以志其中之所得焉又與吳武陵書云若國語之說僕病之久嘗難言於世俗今因其間也而書之又云伏而不出者累月方視足下書當元和三四年間公時在永州作其間載國語斷截不詳者輒附益之庶其理易見焉

左氏國語其文深閎傑異固世之所耽嗜而不已也而其說多誣淫不槩於聖揚子參差不齊槩諸聖注云一以聖人之道槩平之余懼世之學者溺其文采而淪於是非是不得由中庸一作是不知得由中庸以入堯舜之道本諸理作非國語

非國語上 三十一篇

滅密此巳下周語

恭王遊於涇上恭王諸本皆作昭王以國語諸本考之皆作恭王且周之世系恭王在穆王之後而昭王在穆之前國語之敘亦止自穆王以來則爲恭

王無疑矣恭史記作共語作恭密康公從有三女奔之其母曰必致之王衆以美物歸汝何德以堪之小醜備物終必亡康公不獻一年王滅密

非曰康公之母誠賢耶則宜以淫荒失度命其子焉用懼之以數且以德大而後堪則納三女之奔者德果何如若曰勿受之則可矣教子而媚王以女非正也左氏以滅密徵之無足取者

不籍

宣王不藉千畝虢文公諫曰云云將何以求福用人王不聽三十九年戰于千畝王師敗績于姜氏之戎藉借也借民力以爲之天子藉田千畝諸侯百畝自厲王流于彘藉田禮廢宣王即位不復遵古故虢文公諫之文公文王毋弟也用人國語作用民

非曰古之必藉千畝者禮之飾也其道若曰吾猶耕云爾一作吾猶耕乎云爾又曰吾以奉天地宗廟則存其禮誠善矣然而存其禮之爲勸乎

農也則未若時使而不奪其力節用而不殫其財通其有無和其鄉閭則食固人之大急不勸而勸矣啓蟄也得其耕左傳啓蟄而郊注云啓蟄建寅之月時雨也得其種苗之猥大也得其耘漢書江皐河濵雖有惡種無不猥大猥盛也實之堅好也得其穫詩既堅既好不稂不莠汪云盡堅好矣盡齊美矣京庾得其貯詩曾孫之庾如坻如京京高丘也○京庾一作爾庾老幼得其養取之也均以薄藏之也優以固則三推之道推進也禮記天子三推○推徒回切存乎亡乎皆可以爲國矣彼之不圖而曰

◎

我特以是勸則固不可今爲書者曰將何以求福用人夫福之求不若行吾言之大德也德一作福人之用不若行吾言之和樂以死也敗于戎而引是以合焉夫何怪而不屬也又曰戰于千畝者吾益羞之三老五更之禮教孝意也三代三恪之立象賢意也餼羊不去告朔意也明堂不毀行政意也籍田之舉其爲勸率之意深矣子厚獨曰已是亦足以爲國愚恐無逸之書人主不復聞農桑之殿最何以加於守令乎

三川震

三川涇渭洛出於岐山震害也川竭也

幽王二年西周三川皆震伯陽父曰周將

亡矣夫天地之氣不失其序若過其序民亂之也陽伏而不能出陰迫而不能蒸於是有地震今三川實震是陽失其所而鎮陰也陽失而在陰源必塞源塞國必亡若國亡不過十年數之紀也夫天之所棄不過其紀是歲也三川竭岐山崩幽王乃滅周乃東遷伯陽父周大夫也自天地之氣已下新附

非曰山川者特天地之物也陰與陽者氣而遊乎其間者也自動自休自峙自流是惡乎

與我謀自鬬自竭自崩自缺是惡乎爲我設
彼固有所逼引而認之者不塞則惑夫釜鬲
而爨者爾雅鬲款足者謂之鬲款足曲脚也○鬲音育必涌溢蒸鬱
以麋百物麋爛也畦汲而灌者必衝盪潰激以
敗土石是特老圃者之爲也一本云是特老婦老圃者之爲
也猶足動乎物又況天地之無倪倪端倪陰陽
之無窮以澒洞轇轕乎其中澒音汞諸韻皆胡洞切並云水
銀也無別義今獨孤及觀海詩澒洞吞百谷
杜子美詩澒洞不可掇杜詩中用澒洞不一如
淮南子澒濛鴻洞莫知其門許慎注澒讀如
項羽之項鴻讀如子贛之贛洞讀如同遊之

同今按唐人用頭洞二字若出於淮南子音合依本處注轇轕音膠葛或會或離或吸或吹如輪如機其孰能知之且曰源塞國必亡人乏財用不亡何待則又吾所不識也且所謂者天事乎抑人事乎若曰天者則吾既陳於前矣人也則乏財用而取亡者不有他術乎而曰是川之爲尤又曰天之所棄不過其紀愈甚乎哉吾無取乎爾也

料民

宣王料民于太原仲山父諫曰民不可料

也夫古者不料民而知其少多王治戎于
籍搜于農隙耨獲亦於籍獮於既蒸狩於
畢時是皆習民數也又何料焉不謂其少
而大料之是示少而惡事也臨政示少諸
侯避之治民惡事無以賦令且無故而料
民天之所惡也害於政而妨於嗣乎一作後嗣
卒料之及幽王乃廢滅國語無廢字料數也自民不可料至
無以賦令新附
非曰吾嘗言聖人之道不窮異以爲神不引

天以爲高故孔子不語怪與神君子之諫其君也以道不以誣務明其君非務愚其君也誣以愚其君則不臣一作罔不拒仲山氏果以職有所協協合也不待料而具而料之者政之虐也姑云爾而已矣又何以示少惡事爲哉示少示以寡也○惡事厭惡政事不能修之之意況爲大妄以誘乎後嗣賈誼傳尚有可誘者胡建傳執事以誘上誘累也○誘女恚切惑于神怪愚誣之說而以是徵幽之廢滅則是幽之悖亂不足以取滅而料民者以禍之也仲山氏

其至于是乎盖左氏之嗜誣斯人也已何取乎爾也

神降于莘 莘虢地

周惠王十五年有神降于莘王問於內史過曰令是何神也對曰昔昭王娶於房曰房后實有爽德協于丹朱丹朱馮身以儀之生穆王焉實臨周之子孫而禍福之夫神壹不遠徙遷若由是觀之其丹朱之神乎王曰其誰受之對曰在虢土王曰然則

何爲對曰臣聞之道而得神是謂逢福淫而得神是謂貪禍今虢少荒其亡乎王曰吾其若之何對曰使太宰以祝史帥狸姓奉犧牲粢盛玉帛往獻焉無有祈也王曰虢其幾何對曰昔堯臨民以五五年一巡狩今其胄見神之見也不過其物若由是觀之不過五年狸姓丹朱之裔謂神不歆非類故帥以往舊本止載有神降于莘使帥狸姓以獻焉兩句今如前附益之庶可見非之之意也

非曰力足者取乎人力不足者取乎神所謂

足足乎道之謂也堯舜是矣周之始固以神矣況其徵乎彼鳴乎莘者以焄蒿悽愴（焄音薰香氣焄蒿悽愴見禮記）妖之淺者也天子以是問卿以是言則固已陋矣而其甚者乃妄取時日莽浪無狀而寓之丹朱（莽浪無根源也並如字）則又以房后之惡德與丹朱協而憑以生穆王而降于號以臨周之子孫於是遂帥丹朱之裔以奉祠焉又曰堯臨人以五今其胄見（胄後也）號之亡不過五年斯其爲書也不待片言而迂誕彰

矣

聘魯

定王八年使劉康公聘於魯發幣於大夫季文子孟獻子皆儉叔孫宣子東門子家皆侈歸王問魯大夫孰賢對曰季孟其長處魯乎叔孫東門其亡乎若家不亡身必不免王曰幾何對曰東門之位不若叔孫而泰侈焉不可以事二君叔孫之位不若季孟而亦泰侈焉不可以事三君若皆蚤

世猶可若登年以載其毒必亡登年多歷年也載行也毒害也必亡家必亡也自發幣於大夫至身不免及登年以載其毒必亡皆新附

非曰泰侈之德惡矣其死亡也有之矣而孰能必其時之蚤暮耶設令時之可必又孰能必其君之壽夭耶若二君而壽三君而夭則登年載毒之數如之何而准

叔孫僑如

簡王八年魯成公來朝使叔孫僑如僑音橋先聘且告見王孫說與之語說言于王曰

魯叔孫之來也必有異焉其享覲之幣薄而言諂殆請之也若請之必欲賜也魯執政唯强故不懽焉而後遣之且其狀方上而銳下宜觸冒人王其勿賜若貪陵之人來而盈其願是不賞善也自簡王至來朝自魯叔孫來至後遣之告新附王孫說周大夫也

非曰諸侯之來王有賜予非以償其人也以禮其國也苟叔孫之來不度於禮不儀於物則罪也王而刑之誰曰不可若力之不能而

姑勿賜未足以懲夫貪凌者也不若與之令使王逆詐諸侯而蔑其卿苟興怨於魯未必周之福也且夫惡叔孫者泰侈貪凌則可矣方上而銳下非所以得罪於天子

郄至郄亦作郤音乞逆切

晉既克楚于鄢使郄至告慶于周告慶舊本作獻捷未將事王叔簡公飲之酒相說也明日王叔子譽諸朝郄至見邵桓公與之語邵公以告單襄公曰王叔子譽溫季以爲必

相晉國相晉國必大得諸侯勸二三君子必先導焉可以樹襄公曰人有言曰兵在其頸其郄至之謂乎君子不自稱也云云在太誓曰民之所欲天必從之王叔欲郄至能勿從乎郄至歸明年死難及伯輿之獄王叔陳生出奔晉自晉克楚至可以樹新附非曰單子罪郄至之伐當矣因以列數舍鄭伯下楚子逐楚卒咸以爲姦則是後之人乘其敗追合之也邵公物告單襄公謂郤至吾有三伐勇而有禮反之以仁

叛戰而禮舍於君賊也棄毅於容義也叛國以離佻也

吾三逐楚軍之卒勇也見其君必下而趨禮之
也能獲鄭伯而赦之仁也若是而知晉國之
政楚越必朝襄公曰旦郤至何三伐之有夫
仁禮勇皆民之爲也以義死國謂之勇奉義
順則謂之禮畜義豐功謂之仁姦仁爲佻姦
禮爲羞姦勇爲賊有三姦以求替其上遠於
得政矣公謂三姦之說自郤至死難後後人追合之也

左氏在晉語言免胄之事則曰勇以知禮於此焉而異吾何取乎

晉語厲公六年鄢之戰郤至以韎韋之跗注三逐楚平王卒見王必下奔退戰
王使工尹襄問之以弓曰方事之殷也有韎
韋之跗注君子也屬見不穀而下無乃傷乎
郤至甲胄而見客免胄而聽命曰君之外臣
至以寡君之靈間蒙甲胄不敢當拜君命之
辱爲使者故敢三肅之君子曰勇而知禮公
謂左丘明前日既載其三姦之事而於此所

書又如此固已自異也郄氏誠良大夫不幸其宗侈而
亢兄弟之不令而智不能周強不能制遭晉
厲之淫暴讒孽竊構以利其室卒及於禍吾
嘗憐焉今夫執筆者以其及也而必求其惡
以播於後世然則有大惡幸而得終者則固
掩矣世俗之情固然耶其終曰王叔欲郄至
能勿從乎斯固不足譏也已

柯陵之會柯陵鄭西地名

柯陵之會春秋魯成公十七年書公會尹子單子晉侯齊侯宋公衛侯曹

伯邾人伐鄭六月乙酉同盟于柯陵單襄公見晉厲公視遠步高單音善晉郤錡見其語犯錡音倚又音奇郤犫見其語迂犫嗤周切郤至見其語伐齊國佐見其語盡魯成公見言及晉難及郤犫之譖單子曰晉將有亂其君與三郤其當之乎魯侯曰敢問天道乎抑人故也對曰夫合諸侯民之大事也其君在會步言視聽必皆無謫則可以知德矣晉侯爽二吾是以云爽當爲喪喪二視與步也今郤伯之語犯叔迂季伐

犯則陵人迂則誣人伐則掩人其誰能忍之雖齊國子亦將與焉立於淫亂之國而好盡言以招人過（招音搖）怨之本也簡王十二年晉殺三郤十三年晉侯弒齊人殺國武子（自魯侯曰至能忍之自立於淫亂至國武子皆新附）

非曰是五子者雖皆見殺非單子之所宜必也而曰合諸侯人之大事於是乎觀存亡若是則單子果巫史矣視遠步高犯迂伐盡者皆必乎死也則宜死者衆矣夫以語之迂而

曰宜死則單子之語迂之大者獨無謫邪

晉孫周

晉孫談之子周適周單襄公單音善以告頃公曰必善晉周將得晉國其行也文能文則得天地天地所胙小而後國夫敬文之恭也忠文之實也信文之孚也仁文之愛也義文之制也智文之輿也勇文之師也教文之施也孝文之本也惠文之慈也讓文之材也此十一者夫子皆有焉天六地

五數之常也（國語注天有六氣陰陽風雨晦明地有五行金木水火土也舊本皆作天五地六非是）云云成公之歸也吾聞晉之筮之也遇乾之否曰配而不終君三出焉一既往矣後之不知其次必此且成公之生也其母夢神規其臀以黑曰使有晉國三而畀驩之孫故名之曰黑臀於今再矣單襄公曰驩此其孫也而令德孝恭非此而誰必早善晉子其當之也頃公許諾（自晉孫談至適周自將得晉國至文之材也自成公之歸至許諾皆新附）

非曰單子數晉周之德十一而曰合天地之數豈德義之言耶又徵卦夢以附合之皆不足取也

穀洛鬬

靈王二十二年穀洛鬬將毀王宮穀洛二水名也鬬者两水激有似於鬬也王欲壅之太子晉諫云云王卒壅之及景王多寵人亂於是乎始生景王崩王室大亂及定王王室遂卑

非曰穀洛之說與三川震同天將毀王宮而

勿壅則王罪大矣奚以守先王之國壅之誠是也彼小子之譊譊者又足記耶王室之亂且卑在德而又奚穀洛之鬬而徵之也人君所畏者天惟天命可以警之今言三川之震付之不知穀洛之溢可壅而不害則天自天人自人靡所敬忌人主何憚而不爲獨不見姚崇不信災異卒開明皇很天之心而爲天寶之亂乎

大錢

景王將鑄大錢單穆公曰不可云云可先而不備謂之怠可後而先之謂之召災

非曰古今之言泉幣者多矣錢者金幣之名古曰泉後轉曰
錢是不可一貫以其時之升降輕重也幣輕
則物價騰踴物價騰踴則農無所售皆害也
就而言之孰爲利曰幣重則利曰奈害農何
曰賦不以錢而制其布帛之數則農不害以
錢則多出布帛而買則害矣今夫病大錢者
吾不知周之時何如哉其曰召災則未之聞
也左氏又於內傳曰王其心疾死乎其爲書
皆類此矣

無射

王將鑄無射單襄公曰不可

非曰鍾之大不和於律樂之所無用則王妄

作矣單子詞曰口內味耳內聲（內諾荅切音納出集韻）

聲味生氣氣在口爲言在目爲明言以信名

明以時動名以成政動以殖生政成生殖樂

之至也若視聽不和而有震眩則味入不精

不精則氣佚氣佚則不和於是有狂悖之言

有眩惑之明有轉易之名有過慝之度出令

不信刑政放紛紛一作族非是而伶州鳩伶司樂官州鳩其名也又曰樂以殖財又曰離人怒神嗚呼是何取於鍾之備也吾以是怪而不信或曰移風易俗則何如曰聖人既理定知風俗和恒而由吾教於是乎作樂以象之後之學者述焉則移風易俗之象可見非樂能移風易俗也曰樂之不能化人也則聖人何作焉曰樂之來由人情出者也其始非聖人作也聖人以爲人情之所不能免因而象政令之美使之

存乎其中是聖人飾乎樂也所以明乎物無非道而政之不可忘耳孟子曰今之樂猶古之樂也與人同樂則王矣吾獨以孟子爲知樂

律

王問律於伶州鳩對曰云云

非曰律者樂之本也而氣達乎物凡音之起者本焉而州鳩之辭曰律呂不易無姧物也和平則久久固則純純明以終終復則樂所

以成政吾無取乎爾又曰姬氏出自天黿大姜之姪（徒結切又直質切）所憑神也歲在周之分野月在農祥后稷之所經緯也武王欲合是而用之斯爲誣聖人亦大矣（國語云王問七律者何州鳩曰我姬出自天黿及析木者有建星及牽牛焉則我皇妣大姜之姪伯陵之後逢公之所憑神也歲之所在則我有周之分野也月之所在辰馬祥農也我太祖后稷之所經緯也王欲合是五位三所而用之注天黿即玄枵星齊之分野周之皇妣王季之母大姜者逄伯陵之後齊女也故言出自天黿歲星在鶉火鶉火周之分野也辰馬房心星也房星辰正而農事起故謂之農祥稷播百穀故農祥后稷之經緯謂武王欲合是五位歲月日星辰三所

逢公所憑神周分野所在后稷又曰王以夷
所經緯而用之公非之以爲誣
則畢陳黃鍾布戎太簇布令無射布憲施舍
於百姓吾知其來之自矣語又云故以七同
其數而以律和其
聲於是乎有七律王以二月癸亥夜陳未畢
而雨以夷則之上宮畢之以黃鍾之下宮布
戎于牧之野以太簇之下宮布令于是大武
商以無射之上宮布憲施舍於百姓
之聲也州鳩之愚信其傳而以爲武用律也
孔子語賓牟賈之言大武也曰武始自北出
再成而滅商三成而南四成而南國是疆五
成而分周公左召公右六成復綴以崇天子

夾振之而四伐盛威於中國則是大武之象也致右憲左夊立於綴皆大武之形也夷則黃鍾太簇無射大武之律變也

城成周

劉文公與萇弘萇音長欲城成周告晉魏獻子爲政將合諸侯衛彪傒見單穆公曰萇弘其不沒乎萇叔必速及魏子亦將及焉若得天福其當身乎若劉氏則子孫實有禍是歲魏獻子焚死二十八年殺萇弘及

定王劉氏云在敬王十年劉文公王卿士萇弘周大夫萇叔也衛彪傒衛大夫也魏獻子晉正卿魏舒也非曰彪傒天所壞之說吾友化光銘城周其後牛思黷作頌忠一作訟忠萇弘之忠悉矣學者求焉若夫當身逮及之説巫之無恒者之言也追爲之耳吾友化光呂温也温字和叔一字化光思黷牛僧孺之字也化光古東周城銘并序云魯昭公三十二年萇叔合諸侯之大夫城成周衛彪傒曰天之所壞不可支也萇弘違天必受其咎異歲周人殺萇弘左氏明證以爲世規俾持顛之臣沮其勝氣非所以勵尊王垂大訓也予經其地而作是銘銘曰文武受命肇興西土周公作

洛始會風雨居中本正拓闢開祚咸則駿奔
褎則夾輔平王東遷九鼎已輕二伯之後時
無義聲大夫萇弘言抗其傾坐召諸侯廓崇
王城雖微遠猷實被令名宜福而禍何傷於
明立臣之本委質定分爲仁不卜臨義不問
無天無神唯道是信國危必扶國威必振求
而不獲乃以死徇興亡治亂在德非運罪之
違天不可以訓升墟覽古慨然遐憤勒銘頹
隅以勸
大順

問戰此已下魯語

長勺之役曹劌始衛切問所以戰於嚴公云
云公曰小大之獄必以情斷之劌曰可以
一戰嚴公國語作莊公

非曰劌之問洎嚴公之對皆庶乎知戰之本矣而曰夫神求優裕於饗不優神不福也是大不可方鬬二國之存亡以决民命不務乎實而神道焉是問則事幾殆矣旣問公之言獄也則率然曰可以一戰亦問略之尤也苟公之德可懷諸侯而不事乎戰則巳耳旣至於戰矣徒以斷獄爲戰之具則吾未之信也劌之辭宜曰君之臣謀而可制敵者誰也將而死國難者幾何人（難乃旦切）士卒之熟練者衆

楚申包胥使於越曰敢問君王所以與戰者越王曰觴酒豆肉未嘗不分云云包胥曰說乎善矣未可以戰也夫戰智爲本仁次之勇次之

寡器械之堅利者何若趨地形得上游以延敵者何所然後可以言戰若獨用公之言而恃以戰則其不誤國之社稷無幾矣申包胥之言戰得之語在吳篇中子厚非魯公君臣不知治人而求卜於神是矣謂斷獄爲不足以戰則未必然僕者怒於一笑而齊侯辱御者怨於一羹而華元敢赦食馬者足以出秦繆公遺騶桑者足以赦趙宣子事以一端起則言亦因之使治獄者不由公道戮及非辜怨結士卒一戰取衂安知無如羊斟之類乎東萊呂伯恭曰子羔爲衛政刖人之足衛亂子羔走郭門刖者守門曰於此有室子羔入追者罷子羔將去謂刖者曰吾親刖子之足此乃子報我之時也何足逃我刖者曰君之治臣也先後臣以

法欲臣之免於法也臣知之獄決罪定臨當論刑君愀然不樂見於顏色臣又知之此臣之所以脫君也子羔一有司耳有哀矜之意人猶報之若是況莊公君臨一國獄必以情人之思報豈子羔比耶宗元乃曰以斷獄爲戰之具吾未之信歷舉將臣士卒地形之屬宗元之言皆所謂戰而非所以戰也

躋僖公

夏父弗忌爲宗蒸將躋僖公云云展禽曰夏父弗忌必有殃若血氣強固將壽寵得沒雖壽而沒不爲無殃其葬也焚煙徹其上弗忌魯大夫宗宗伯掌國祭祀之禮也蒸祭也躋者升也弗忌欲升僖公於閔

公之上謂明者爲昭其次爲穆而不以次宗有司皆曰非昭穆而不聽栁下惠以爲必有殃而其言近誣故公謂非所宜云

非曰由有殃以下非士師所宜云者誣吾祖矣

莒僕

莒太子僕殺紀公紀公生僕及季佗既立僕而又愛季佗而黜僕故弑之以其寶來奔宣公使僕人以書命季文子里革遇之而更其書明日有司復命公詰之僕人以里革對公執之里革對曰

毁則者爲賊掩賊者爲藏竊寶者爲宄用宄之財者爲姦使君爲藏姦者不可不去也臣違君命者不可不殺也公曰寡人實貪非子之罪也乃舍之里華魯大夫剋也自明日以下新附非曰里華其直矣曷若授僕人以入諫之爲善公之舍華也美矣而僕人將君命以行遇一夫而受其更釋是而勿誅則無以行令矣若君命以道而遇姦臣更之則何如

仲孫宅宅徒何切

季文子無衣帛之妾無食粟之馬仲孫它諫云云文子以告孟獻子孟獻子囚之七日自是子服之妾衣不過七升之布馬餼不過稂莠季文子季孫行父也相魯宣公成公仲孫宅孟獻子之子子服宅也布八十縷爲升非曰宅可謂能改過矣然而父在焉而儉侈專乎巳何也七升之布大功之縷也居然而用之未適乎中庸也巳

羵羊羵音墳

季桓子穿井得土缶中有羊焉使人問仲尼曰吾穿井獲狗何也仲尼曰以丘所聞者羊也

非曰君子於所不知蓋闕如也孔氏惡能窮物怪之形也是必誣聖人矣史之記地坼犬出者有之矣晉五行志大興中輔國將軍孫無終家于旣陽地中聞犬子聲尋而地坼有二犬子皆白色一雄一雌取而養之皆死後無終爲桓元所滅近世京兆杜濟穿井獲土缶中有狗焉投之于河化爲龍

骨節專車楛矢

吳伐越隳會稽隳作墮國語獲骨節專車吳子使好來聘且問之仲尼仲尼曰丘聞之昔禹致羣臣於會稽之山防風氏後至禹殺而戮之其骨節專車此為大矣骨一節其長專車專擅也仲尼在陳有隼集于陳侯之庭而死楛矢貫之石砮其長尺有咫楛音苦陳惠公使人以隼如仲尼之館問之仲尼曰隼之來也遠矣此肅謹氏之隼也肅謹北夷之國砮石中矢鏃也

◎

乃乎切自吳子巳下新附

非曰左氏魯人也或言事孔子宜乎聞聖人之嘉言爲魯語也盍亦徵其大者書以爲世法今乃取辯大骨石砮以爲異其知聖人也亦外矣言固聖人之恥也孔子曰丘少也賤故多能鄙事

輕幣　齊語

天下諸侯知桓公之非爲己動也是故諸侯歸之桓公知諸侯之歸己也故使輕其

幣而重其禮故天下諸侯罷馬以爲幣罷音疲縷綦以爲奉注云奉藉也所以藉玉之藻也縷綦以縷織綦不用絲取易供也鹿皮四箇國語作个諸本皆作箇諸侯之使垂槖而入綑載而歸綑絭也唐韻從来力準切集韻苦隕切自天下至歸已也新附

非曰桓公之苟能予天下之敗衛諸侯之地貪強忌服戎狄縮匿君得以有其國人得以安其堵雖受賦於諸侯樂而歸之矣又奚控焉悉國之貨以利交天下若是耶則區區齊

人惡足以奉天下已之人且不堪矣又奚利天下之能得若竭其國勞其人抗其兵以市伯名於天下又奚仁義之有予以謂桓公之伯不如是之弊也謂一本作爲且威公之不王而伯惟其假仁義之名其實則爲利耳考管子之書若通魚塩若賦金鐵若作錢幣若殺商賈欲實囷京則式璧也欲傾魯梁則服綈也欲致諸侯之寶則多具石璧也欲下代王之衆則貴買狐白也朝夕汲汲惟利爲謀其用厚禮以交諸侯蓋市四隣之懽心亦僞而不誠也子厚乃以爲公之仁義必無利交之事子厚固誠齊人乎

卜此已下晉語

之

獻公卜伐驪戎史蘇占之曰勝而不吉

非曰卜者世之餘伎也道之所無用也聖人

用吾未之敢非然而聖人之用也蓋以歐陋

民也非恒用而徵信矣爾後之昏邪者神之

恒用而徵信焉反以阻大事要言卜史之害

於道也多而益於道也少雖勿用之可也左

氏惑於巫而尤神怪之乃始遷就附益以成

其説雖勿信之可也

郭偃與前代驪戎事相屬

郭偃曰夫口三五之門也口以紀三辰言以宣五行是以讒口之亂不過三五少則三若多則五也

非曰舉斯言而觀之則愚誣可見矣

公子申生

申生曰棄命不敬作令不孝閒父之愛而嘉其貺有不忠焉廢人以自成有不貞焉申生晉獻公太子也獻公將黜之而立奚齊諸臣使圖之申生曰云云吾其止也

非曰申生於是四者咸得焉昔之儒者有能明之矣故予之辭也略

狐突

公使太子伐東山獻公十八年太子申生也獻公欲黜之欲使爲此行而觀之狐突御戎至于稷桑翟人出逆申生欲戰狐突諫曰不可申生曰君之使我非歡也抑欲測吾心也不戰而反我辠滋厚我戰雖死猶有名焉果戰敗翟于稷桑而反讒言益起狐突杜門不出君子曰善深謀自公使太子至果戰新附

非曰古之所謂善深謀居乎親戚輔佐之位

禦合作御
丕鄭曰我無心是故事君者君以我心制不在我里克曰我秉心以殺太子吾不忍通汝故交吾不敢中立其免乎

則納君於道否則繼之以死唯巳之義所在莫之失之謂也今狐突以位則戎禦也以親則外王父也申生之出未嘗不從覩其將敗而杜其門則姦矣而曰善深謀則無以勸乎事君也已丕鄭曰君爲我心里克曰中立晉無良臣故申生終以不免

虢夢

虢公夢在廟有神面白毛虎爪執鉞立于西阿之下云云公覺且使國人賀夢舟之

僑告諸其族曰衆謂虢不久吾今知之以其族行適晉自公覺至知之新附非曰虢小國也而泰以招大國之怒政荒人亂亡夏陽而不懼而猶用兵窮武以增其雠怨所謂自拔其本者亡孰曰不宜又惡在乎夢也舟之僑誠賢者歟則觀其政可以去焉由夢而去則吾笑之矣

童謡

獻公問於卜偃曰攻虢何月也對曰童謡

有之曰丙之辰云云

非曰童謠無足取者君子不道也

宰周公

葵丘之會獻公將如會魯僖公九年齊桓公盟諸侯於葵丘

遇宰周公曰君可無會也夫齊侯將施惠

出責是之不果而暇晉是皇公乃還暇謂不暇

以晉爲務也宰孔曰晉侯將死矣景霍以爲城

而汾河涑澮以爲淵戎狄之民實環之汪

是土也苟違其違誰能懼之上違違去也下違違道也

是歲獻公卒自君可無會至是皇自景霍至懼之新附
非曰凡諸侯之會霸王小國則固畏其力而
望其麻焉者也大國則宜覩乎義義在焉則
往以尊天子以和百姓今孔之還晉侯也曰
而暇晉是皇則非吾所陳者矣又曰汪是土
也苟違其違誰能懼之則是恃乎力而不務
乎義非中國之道也假令一失其道以出而
以必其死爲書者又從而徵之其可取乎

荀息

里克欲殺奚齊晉獻公寵驪姬既殺太子申生而立奚齊公子重耳奔狄夷吾奔秦至是獻公卒里克欲殺奚齊而逆重耳荀息曰吾有死而已先君問臣於我我對以忠貞既殺奚齊荀息將死之人曰不如立其弟而輔之荀息立卓子里克又殺卓子荀息死之君子曰不食其言矣自克既殺至卓子新附

非曰夫忠之爲言中也貞之爲言正也息之所以爲者有是夫間君之惑排長嗣而擁非正其於中正也遠矣或曰夫已死之不愛死

君之不欺也抑其有是而子非之耶曰子以自經於溝瀆者舉爲忠貞也歟或者左氏穀梁子皆以不食其言然則爲信可乎曰又不可不得中正而復其言亂也惡得爲信曰孔父仇牧是二子類耶曰不類曰不類則如春秋何曰春秋之類也以激不能死者耳春秋威公二年書宋督弒其君與夷及其大夫孔父莊公十二年書宋萬弒其君捷及其大夫仇牧至僖公十年書里克弒其君卓及其大夫荀息其法皆同孔子曰與其進不保其往也春秋之罪許止也隱忍焉耳昭公

十九年許世子止弑其君買左氏云許悼公瘧五月飲大子之藥而卒太子奔晉書曰弑其君君子曰盡心力以事君舍藥物可也其類荀息也亦然皆非聖人之情也枉許止以懲不子之禍進荀息以甚苟免之惡恐之也吾言春秋之情而子徵其文不亦外乎故凡得春秋者宜是乎我也此之謂信道哉公集中有與元饒州論春秋書亦及春秋書荀息之事云某嘗著非國語六十餘篇其一篇爲息發也今録以往即此也書意皆與此篇同

河東先生集卷第四十四

東吳郭雲鵬校壽梓

河東先生集卷第四十五

非國語下 三十六篇

狐偃

里克既殺卓子，使屠岸夷告重耳曰子盍入乎屠岸夷晉大夫也舅犯曰不可云云秦穆公使公子縶弔重耳曰時不再失舅犯曰不可云云

非曰狐偃之爲重耳謀者亦迂矣國虛而不知入以縱夷吾之昬殆而社稷幾喪徒爲多

言無足采者且重耳兄也夷吾弟也重耳賢也夷吾昧也弟而昧入猶可終也兄而賢者又何慄焉（慄一作怯）使晉國不順而多敗百姓之不蒙福兄弟爲豺狼以相避於天下由偃之策失也而重耳乃始倀倀焉遊諸侯（倀丑良切）陰蓄重利以幸其弟死獨何心歟僅能入而國以霸斯福偶然耳（偶一作禍）非計之得也若重耳早從里克秦伯之言而入則國可以無嚮者之禍而兄弟之愛可全而有分定焉故也夫

如是一有足字以爲諸侯之孝又何戮笑於天下

哉初里克及秦穆公既告重耳又使告公子夷吾于梁重耳以舅犯之言不入夷吾以冀芮之言而入是爲惠公惠公之惡後篇可見矣

輿人誦

惠公入而背內外之賂輿人誦之曰云云

得之而狃女九切終逢其咎喪田不懲禍亂

其興既里丕死丕音丕一云死禍公隕於韓郭偃

曰善哉夫衆口禍福之門也

非曰惠公里丕之爲也則宜咎禍及之矣又

◎

言為伯於諸侯
与王妃偶也

何以神衆口哉其曰禍福之門則愈陋矣

葬恭世子

惠公出恭世子而改葬之臰達於外臰與臭同國人頌之曰云云歲之二七其靡有徵兮靡有徵一無有徵者若翟公子吾是之依兮安撫國家爲王妃兮郭偃曰十四年君之冢嗣其替乎其數告於人矣公子重耳其入乎其魄兆於人矣魄形也兆見也若入必霸於諸侯其耿光於民矣恭世子申生也翟公子重耳也翟與狄同耿猶照也○欹

古迴切與烱同

非曰衆人者言政之善惡則有可采者以其利害也又何以知君嗣二七之數與重耳之伯是好事者追而爲之未必偃能徵之也況以是故發耶是一作臭

殺里克

惠公既殺里克而悔之曰芮也使寡人過殺社稷之鎮芮冀芮也鎮者重也郭偃聞之曰不諫而諫不忠不圖而殺不祥不忠受君之罰

不祥罹天之禍受君之罰死戮罹天之禍
無後（文公殺懷公于高梁秦人殺巽芮而施之）非曰芮之陷殺克也其不祥宜大於惠公而
異其辭以配君罰天禍皆所謂遷就而附益
之者也

獲晉侯

秦穆公歸至於王城（晉惠公五年秦帥師侵晉獲晉侯以歸王城秦地）合大夫而謀曰殺晉君與逐出之與
以歸與復之孰利公子縶曰殺之利（縶丁立切）

公孫枝曰不可子縶曰吾將以重耳代之
晉之君無道莫不聞重耳之仁莫不知殺
無道立有道仁也公孫枝曰耻一國之士
又曰余納有道以臨汝無乃不可乎不若
以歸要晉國之成復其君而質其適子質脂
利切使父子代處秦國可以無害
非曰秦伯之不霸天下也以枝之言也且曰
納有道以臨汝何故不可縶之言殺之也則
果而不仁其言立重耳則義而順當是時天

下之人君莫能宗周而能宗周者則大國之霸基也向使穆公旣執晉侯以告于王曰晉夷吾之無道莫不聞重耳之仁莫不知且又不順旣討而執之矣於是以王命黜夷吾而立重耳咸告于諸侯曰吾討惡而進仁旣得命于天子矣吾將達公道於天下則天下諸侯無道者畏有德者莫不皆知嚴恭欣戴而霸秦矣（莫不一本作慕字）周室雖卑猶是王命命穆公以爲侯伯則誰敢不服夫如是秦之所耻

者（恥一作集）亦大矣棄至公之道（一作至公大中之道）而不知求姑欲離人父子而要河東之賂（是役也秦取晉河東之地而置官司）其舍大務小違義從利也甚矣覇之不能也以是夫

慶鄭

丁丑斬慶鄭乃入絳（初秦侵晉晉師潰惠公號慶鄭曰載我慶鄭曰忘善而背德又廢去卜何我之載君遂止于秦秦既歸惠公惠公歸故斬之止獲也）

非曰慶鄭誤止公罪死可也而其志有可用

者坐以待刑而能舍之惠公未至蛾晳謂慶鄭曰君之止子之罪也今君將來子何俟慶鄭曰君若來將待刑以快君志及惠公入蛾晳欲舍之惠公不可則獲其用亦大矣晉君不能由是道也悲夫若夷吾者又何誅焉

乞食於野人

文公在狄十二年將適齊行過五鹿五鹿衛邑野人舉塊以與之公子怒欲鞭之子犯曰天賜也人以土服又何求焉十有二年必獲此土有此其以戊申云乎人國語作民

非曰是非子犯之言也後之好事者爲之若

五鹿之人獻塊十二年以有衛土則消人嚋

枕楚子以塊吳語楚靈王傍偟於山林之中乃見其涓人嚋王枕其股以寢於地王寐嚋枕王以墣而去之後十二年其復得楚乎何没

而不云也而獨載乎是戊申之云尤足怪乎

懷嬴

秦伯歸女五人懷嬴與焉晉文公重耳過秦而秦歸之女也懷嬴故子圉妻子圉惠公夷吾子也質於秦逃歸而立爲懷公故曰懷嬴

非曰重耳之受懷嬴不得已也其志將以守

宗廟社稷阻焉則懼其不克也其取者大故容爲權可也秦伯以大國行仁義交諸侯而乃行非禮以強乎人豈習西戎之遺風歟國之命在禮人倫之教化尤嚴於有國之初子厚謂文公取國爲大納懷嬴爲小愚謂明人倫立教化正始之大者也人倫不明教化不立雖取威定伯何益於久遠哉穆公之納懷嬴失矣然公悔過于殺幾於聖賢用心則在重耳者猶可不受今也安然聽之可以志在國家社稷而藉口乎

籩

公子親籩之曰尚有晉國得貞屯悔豫皆

八筮史占之曰皆不吉司空季子曰吉云

云

非曰重耳雖在外晉國固戴而君焉又況夷吾死圉也童昬以守內秦楚之大以翼之大夫之強族皆啓之而又筮焉是問則末矣季子博而多言皆不及道者也又何載焉

董因

董因迎公於河公問焉曰吾其濟乎對曰歲在大梁云云

◎

非曰晉侯之入取於人事備矣因之云可略也大火實沈之說贅矣大梁大火實沈皆星名也

命官

胥籍狐箕欒郤柏先羊舌董韓寔掌近官十一族晉之舊姓近官朝廷者諸姬之良掌其中官諸姬同姓中官內官異姓之能掌其遠官遠官縣鄙也

非曰官之命宜以材耶抑以姓乎文公將行霸而不知變是弊俗以登天下之士而舉族以命乎遠近則陋矣若將軍大夫必出舊族

或無可焉猶用之耶必不出乎異族或有可
焉猶棄之耶則晉國之政可見矣

倉葛

周襄王避貽叔之難居於鄭汜晉文公
迎王入于成周遂定之于郟王賜公南陽
陽樊温原州陘絺組攢茅之田陽人不服
公圍之將殘其民倉葛呼曰君補王闕以
順禮也陽人未狎君德而未敢承命君將
殘之無乃非禮乎公曰是君子之言也乃

鄭

出陽人（自周襄王至之田　自君補以下新附）

非曰於周語既言之矣又辱再告而異其文抑有異旨耶其無乎則耄者乎

觀狀

文公誅觀狀以伐鄭鄭人以名寶行成公弗許人以瞻與晉晉人將烹之瞻曰天降禍鄭使淫觀狀棄禮違親（云云初晉文公過曹曹共公不禮焉聞其駢脅欲觀其狀則觀狀是曹非鄭也而注云鄭復效曹觀公駢脅之狀故伐之是又從而爲之辭也此公所以非之）

非曰觀晉侯之狀者曹也今於鄭胡言之則
是多爲誣者且耄故以至乎是其說者云鄭
效曹也是乃私爲之辭不足以蓋其誤

救饑

晉饑公問於箕鄭曰救饑何以對曰信公
曰安信對曰信於君心信於名信於令信
於事

非曰信政之常不可須臾去之也奚獨救饑
耶其言則遠矣夫人之困在朝夕之内而信

之行在歲月之外是道之常非知變之權也其曰藏出如入則可矣鄭又云於是乎民知君心貧而不懼藏出如入何圖之有而致之言若是遠焉何哉或曰時之信未洽故云以激之也信之速於置郵子何遠之耶曰夫大信去令故曰信如四時恒也恒固在久若爲一切之信則所謂未孚者也彼有激乎則可也而以爲救饑之道則未盡乎術

趙宣子

趙宣子言韓獻子於靈公獻子諸本多誤作宣子以爲司馬河曲之役趙孟使人以其乘車干行獻子執而戮之宣子趙衰之子宣孟盾也韓獻子韓厥也干行犯其軍列也趙孟即宣子

非曰趙宣子不怒韓獻子而又褒其能也誠當然而使人以其乘車干行陷而至乎戮是輕人之死甚矣彼何罪而獲是討也孟子曰殺一不辜而得天下君子不爲是所謂無辜也歟或曰戮辱也非必爲死曰雖就爲辱猶

不可以爲君子之道舍是其無以觀乎吾懼
司馬之以死討也

伐宋

宋人殺昭公趙宣子請師以伐宋云云曰是反天地而逆民則也天必誅焉晋爲盟主而不修天罰將懼及焉

非曰盟主之討殺君也宜矣若乃天者則吾焉知其好惡而暇徵之耶古之殺奪有大於宋人者而壽考佚樂不可勝道天之誅何如

也宣子之事則是矣而其言無可用者

鉏麑舊本此一篇賢可書乎之後乃有左氏多爲文辭一節嘗怪其意之不相屬以別本考之乃脫祈死長魚矯二篇而左氏多爲文辭者乃公非長魚矯後辭也益此二篇然後公六十七篇之文方足矣

靈公虐趙宣子驟諫公患之使鉏麑賊之鉏麑力士也賊殺也○鉏宋魚切麑音倪晨往則寢門辟矣盛服將朝早而假寐麑退而歎曰趙孟敬哉夫不忘恭敬社稷之鎮也賊國之鎮不忠

受命而廢之不信觸庭之槐而死

非曰麑之死善矣然而趙宣子爲政之良諫

君之直其爲社稷之衛也久矣麑胡不聞之

乃以假寐爲賢耶不知其大而賢其小歟一有

向字使不及其假寐也則固以殺之矣是宣子

大德不見赦而以小敬免也麑固賊之悔過

者賢可書乎

祈死

反自鄢范文子謂其宗祝曰君驕而有烈

子

吾恐及焉凡吾宗祝爲我祈死先難爲免

七年夏范文子卒自君驕而下皆新附○范文子范燮也鄢之役晉伐鄭楚救之大夫欲戰文子不欲欒武不聽遂與戰大勝之此文子自鄢歸懼難而祈其死

非曰死之長短而在宗祝則誰不擇良宗祝而祈壽焉文子祈死而得亦妄之大者

長魚矯

長魚矯既殺三郤乃脅欒中行云云公曰一旦而尸三卿不可益也對曰亂在內爲

宄在外爲姦御宄以德御姦以刑今治政而内亂不可謂德除鯁而避强不可謂刑德刑不立姦宄並至臣脆弱不能忍俟也乃奔狄三月厲公殺自對曰至不忍俟也新附三郤郤至郤錡郤犨也欒欒書中行中行偃也非曰厲公亂君也矯亂臣也假如殺欒書中行偃則厲公之敵益衆其尤可盡乎今左氏多爲文辭以著其言而徵其效若曰矯知幾者然則惑甚也夫

戮僕

晉悼公四年會諸侯於雞丘魏絳爲中軍司馬公子揚干亂行於曲梁魏絳斬其僕自晉悼至司馬新附揚干悼公弟也

非曰僕稟命者也亂行之罪在公子公子貴一無貴字一無公子貴三字而作兩貴字非是不能討而稟命者死非能刑也使後世多爲是以害無罪問之則曰魏絳故事不亦甚乎然則絳宜柰何止公子以請君之命止一作正非是當作止止者執也然以軍政論之殺貴大

賞貴小當殺雖貴重必殺之是刑上究也賞及牛童馬圉是賞下流也不責宣子而戮其使不治楊干而戮其僕已爲有禮又安得謂之殺無辜乎若子厚必請君命則又不然救機之會間不容息方欲作士氣以決一戰而每每禀命是非失火之家必自大人而後救之乎

叔魚生

叔魚生其母視之曰云云必以賄死楊食我生（食音異我音俄）叔向之母聞其號也曰終滅羊舌氏之宗

非曰君子之於人也聽其言而觀其行猶不

足以言其禍福以其有幸有不幸也今取赤子之形聲以命其死亡則何耶或者以其鬼事知之乎則知之未必賢也是不足書以示後世

逐欒盈

平公六年箕遺及黃淵嘉父作亂（父音甫）不克而死公遂逐羣賊（云云）陽畢曰君掄賢人之後（掄擇也）有常位於國者而立之亦掄逞志虧君以亂國者之後而去之（云云○去）

音羌呂切使祁午陽畢適曲沃逐欒盈箕遺黃淵嘉父皆晉大夫欒盈之黨欒盈黶之子書之孫也欒書厲公七年弒厲公郎立悼公故陽畢以盈爲亂國者之後而去之畢者大夫也

非曰當其時不能討後之人何罪盈之始良大夫也有功焉而無所獲其罪陽畢以其父殺君而罪其宗一朝而逐之激而使至乎亂也且君將懼禍懲亂耶則增其德而修其政賊斯順矣反是順斯賊矣況其亂之無罪乎

新聲

平公說新聲師曠曰公室其將卑乎君之
明兆於衰矣
非曰耳之於聲也猶口之於味也苟說新味
亦將卑乎樂之說吾於無射既言之矣
射鷃上食亦切下於諫切
平公射鷃不死使豎襄搏之失公怒拘將
殺之叔向曰君必殺之昔吾先君唐叔射
兕于徒林殪以爲大甲今君嗣吾先君射
鷃不死搏之不得是陽吾君之恥者也君

其必速殺之勿令遠聞君忸怩于顔忸怩愧顔也忸女六切怩音尼乃趣舍之自昔吾先君至殺之新附叔向羊舌肸也

○趣音娶

非曰羊舌子以其君明暗何如哉若果暗也則從其言斯殺人矣明者固可以理諭胡乃反徵先君以耻之耶是使平公滋不欲人諫已也

趙文子

秦后子來奔趙文子曰公子辱於敝邑必

避不道也對曰有焉文子曰猶可以久乎對曰國無道而年穀和熟鮮不五稔文子視日曰朝不及夕誰能俟五后子曰趙孟將死矣怠偷甚矣偷苟也非死逮之必有大咎自秦后子至五稔新附非曰死與大咎非偷之能必乎爾也偷者自偷死者自死若夫大咎者非有罪惡則不幸及之偷不與也左氏於內傳曰人主偷必死亦陋矣

晉語注止於
此矣是謂
醫國諸侯䙫
則考於色

醫和

平公有疾秦景公使醫和視之趙文子曰醫及國家乎對曰上醫醫國其次疾人固醫官也文子曰君其幾何對曰君諸侯服不過三年不服不過十年過是晉之殃也

自平公至視之自文子曰君其幾何已下新附

非曰和妄人也非診視攻熨之專而苟及國家去其守以施大言誠不足聞也其言晉君曰諸侯服不過三年不服不過十年凡醫之

所取在榮衛合脉理也然則諸侯服則榮衛離脉理亂以速其死不服則榮衛和脉理平以延其年耶

黄熊

晉侯夢黄熊入于寢門子産曰鯀殛于羽山化爲黄熊以入于羽淵實爲夏郊云云非曰鯀之爲夏郊也禹之父也非爲熊也熊之說好事者爲之凡人之疾魄動而氣蕩視聽離散於是寐而有怪夢罔不爲也夫何神

奇之有

韓宣子憂貧

韓宣子憂貧叔向賀之曰欒武子無一卒之田云云上大夫一卒之田行刑不疚以免於難及桓子驕泰奢侈云云宜及於難而賴武子之德以沒其身及懷子改桓之行修武子之德而離桓子之罪以亡于楚云云

非曰叔向言貧之可以安則誠然其言欒書之德則悖而不信以下蹵上亦可謂行刑耶

惡

謂欒書殺厲公也 前之言曰欒書殺厲公以厚其家今而曰無一卒之田前之言曰欒氏之誣晉國久矣用書之罪以逐盈今而曰離桓之罪以亡于楚則吾惡乎信且人之善咸繫其先人已無可力者以是存乎簡策是替教也

圍鼓

中行穆子中行穆子荀吳也帥師伐翟圍鼓鼓人或請以城畔穆子不受曰夫以城來者必將求利於我夫守而二心姦之大者也自以

城來已下新附鼓翟之別邑

非曰城之畔而歸已者有三有逃暴而附德者有力屈而愛死者有反常以求利者逃暴而附德者麻之曰德能致之也力屈而愛死者與之以不死曰力能加之也皆受之反常以求利者德力無及焉君子不受也穆子曰夫以城來者必將求利於我是焉知非嚮之二者耶

具款

范獻子聘於魯（范獻子士鞅也）問具山敖山魯人
以其鄉對曰不爲具敖乎曰先君獻武之
諱也（獻武獻公武公名具伯禽之曾孫獻公名敖獻公之子）獻子歸曰人
不可以不學吾適魯而名其二諱爲笑矣
唯不學也
非曰諸侯之諱國有數十焉尚不行於其國
他國之大夫名之無懟焉可也魯有大夫公
孫敖魯之君臣莫罪而更也又何鄙野之不
云具敖

董安于

下邑之役（下邑青之邑也）董安于多簡子賞之辭曰（云云）今一旦爲狂疾而曰必賞汝是以狂疾賞也不如亡趣而出乃釋之（多功多也戰功）

（曰多安于趙簡子家臣狂疾言戰爲凶事猶人之有狂疾相殺也）

非曰功之受賞也可傳繼之道也君子雖不欲亦必將受之今乃遁逃以自潔也則受賞者必耻受賞者耻則立功者怠國斯弱矣君子之爲也動以謀國吾固不悅董子之潔也

其言若懟焉則滋不可懟徒對杜罪二切

祝融此已下鄭語

史伯曰夫黎爲高辛氏火正以淳燿敦大天明地德光照四海故命之曰祝融其功大矣夫成天地之大功者其子孫未嘗不彰虞夏商周是也其後皆爲王公侯伯祝融亦能昭顯天地之光明以生柔嘉材者也其後八姓於周未有侯伯佐制物於前代者昆吾爲夏伯矣昆吾祝融之孫陸終第一子名樊爲已姓

鄭語虞幕能聽協風以成樂物生者也注虞幕舜後虞思也言能聽知和風因時順氣以成育萬物使之樂生

於昆吾昆吾衛也夏衰昆吾爲夏伯大彭豕韋爲商伯矣大彭陸終第三子曰籛爲彭姓封於大彭謂之彭祖豕韋彭姓之別封豕韋彭者也商衰二國相繼爲商伯當周未有融之興者其在芈姓乎芈音弭楚姓也史伯周太史也自黎爲高辛至功大矣自虞夏商周已下新附非曰以虞舜之至也又重之以幕能聽協風以成樂物生而其後卒以殄滅武王繼之以陳覆墜之不暇堯之時祝融無聞焉祝融之後昆吾大彭豕韋世伯夏商今史伯又曰於周未有侯伯必在楚也則堯舜反不足祐耶

故凡言盛之及後嗣者皆勿取

褒神

桓公曰周其弊乎史伯對曰殆於必弊者也今王弃高明昭顯而好讒慝暗昧惡角犀豐盈而近頑童窮固云云訓語有之曰夏之衰也褒人之神化爲二龍以同于王庭云云天之生此久矣其爲毒也大矣申繒西戎方彊王欲殺太子以成伯服必求之申申人弗畀必伐之若伐申而繒與西

戎會以伐周周不守失申姜姓太子宜臼之舅也繒姒姓繒音慈陵切申之與國也西戎亦黨於申王幽幽王也自今王已下新附

非曰史伯以幽王棄高明顯昭而好讒慝暗昧近頑嚚窮固黜太子以怒西戎申繒於彼以取其必弊焉可也而言褒神之流禍是好怪者之爲焉非君子之所宜言也

嗜芰已下楚語芰菱也○音技一作艾非是

屈到嗜芰屈居勿切將死戒其宗老曰家臣曰老宗老爲宗人者苟祭我必以芰及祥宗老將薦芰屈

建命去之去差呂切曰國君有牛享大夫有羊饋士有豚犬之奠庶人有魚炙之薦籩豆脯醢則上下共之不羞珍異不陳庶侈夫子其以私欲干國之典遂不用屈到楚卿屈建到之子自國君巳下新附非曰門內之理恩掩義父子恩之至也而芰之薦不爲愆義屈子以禮之末忍絕其父將死之言吾未敢賢乎爾也苟薦其羊饋而進芰於籩是固不爲非禮之言齊也曰思其所

嗜屈建曾無愚乎且曰違而道吾以爲逆也

祀

王曰祀不可已乎對曰祀所以昭孝息民撫國家定百姓不可以已夫民氣縱則底

縱放也底著也底則滯滯也滯廢滯久不振不振懼也生乃

不殖之王楚昭王對楚乎王子子期之對也

非曰夫祀先王所以佐教也未必神之今其

曰昭孝焉則可也自息民以下咸無足取焉

爾

左史倚相

王孫圉聘于晉定公饗之趙簡子鳴玉以相問於王孫圉曰楚之白珩猶在乎其爲寶也幾何矣對曰未嘗爲寶楚之所寶者曰觀射父又有左史倚相能使上下說于鬼神順道其欲惡使神無有怨痛於楚國

自聘于晉至觀射父新附

非曰圉之言楚國之寶使知君子之貴於白珩可矣而其云倚相之德者則何如哉誠倚

相之道若此則覡之妄者女巫曰覡又何以爲寳
非可以夸於敵國
伍員吳語○員音云
伍員伏劒而死魯哀十一年死伍員伍奢之子子胥也名員事吳王
夫差夫差起師以伐越王勾踐勾踐起師逆之夫差將許越成申胥諫之不聽夫差
乃大戒師伐齊申胥又諫曰昔天以越受吳而王弗受今伐齊越人恐來襲我不聽
遂伐齊敗齊師於艾陵既勝乃訊申胥申胥釋劒而對曰員不忍稱疾辟易以見王
之親爲越之擒也員請先死遂自殺其後越果滅吳
非曰伍子胥者非吳之暱親也其始交闔閭

以道故由其謀今於嗣君已不合言見進則讒者勝國無可救者於是焉去之可也出則以孥累於人而又入以即死是固非吾之所知也然則員者果很人也歟

柳先生曰宋衛秦皆諸侯之豪傑也左氏忽棄不錄其語其謬耶吳越之事無他焉舉一國足以盡之而反分爲二篇務以相乘凡其繁蕪曼衍者甚衆背理去道以務富其語凡讀吾書者可以類取之也越之下篇尤奇峻

而其事多雜蓋非出於左氏雜蓋字一本作反盇吾乃今知文之可以行於遠也以彼庸蔽奇怪之語而黼黻之金石之用震曜後世之耳目而讀者莫之或非反謂之近經則知文者可不慎耶嗚呼余黜其不臧以救世之謬凡六十七篇東坡報江季恭書云非國語鄙意不然之但未暇著論耳予厚之學大率以禮樂爲虛器以天人爲不相知云云雖多皆此類也至於時令斷刑貞符皆非是予謂學者不可不知

河東先生集卷第四十五

東吳郭雲鵬校壽梓

河東集外

賦傳誌表牋

啓

龍城錄

共三十

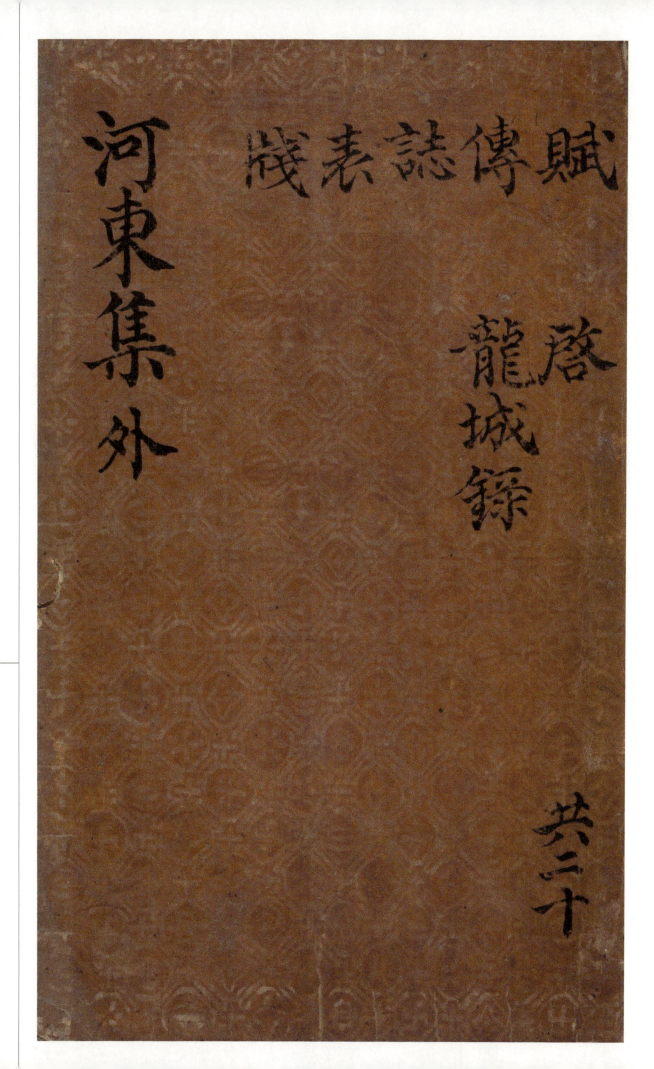

河東先生外集目録

卷上

卷下

諸州賀啓

東吳龔雲
雕梓壽梓

河東先生外集目錄

河東先生外集卷上

賦文誌

披沙揀金賦 求寶之道同乎選才○劉慶儀世說陸士衡文如披沙揀金往往見寶又見鍾嶸文品公外集賦三首皆正元五年以後舉進士時作

沙之爲物兮視汙若浮金之爲寶兮耻居下流沉其質兮五才或闕左氏傳天生五才民並用之闕一不可誰能去兵耀其光兮六府以修尚書云六府孔修又曰水火金木土穀惟修然則抱成器之珍必將有待當慎擇之

日則又何求配珪璋而取貴豈涅滓而爲儔
滓壯仕切披而擇之斯焉見寶盪浸淫而顩聘指
炫焜而探討炫熒絹切焜戶廣切探音貪動而愈出幽以
卽明涅而不緇論語孔子曰不曰白乎涅而不緇緇黑色既堅且
好詩大田篇既堅既好潛雖伏矣詩正月篇潛雖伏矣亦孔之昭雖獲則
取之翻混混之濁質見熠熠之殊姿熠弋入切久
昭未彰固亦將君是望左氏傳寡君將君是望敢不稽首先
迷後得易坤文言先迷後得主利孰謂弃予如遺詩谷風篇將安
將樂弃予如遺其隱也則雖昏昏淪浩浩晦英姿兮

自保和光同塵兮合于至道其遇也則散弈弈動融融煥美質兮其中明道若昧兮契彼玄同儻俯拾而不弃諒致美于無窮欲蓋而彰左氏傳或求名而不得或欲蓋而名彰將烱爾而見素不索何獲左氏傳魯昭公二十七年上國有言曰不索何獲遂昭然而發蒙觀其振拔汙塗積以錙銖碎清光而競出耀眞質而特殊雖處囊而纖光乍比戰國趙平原君曰賢者之處世也譬如錐之處囊中其末立見劍拭土而異彩相符晉時雷煥得酆城劍取南昌西山下土拭之送一劍幷土與張華華以南昌土不如華陰

詩金玉其相美文王也

士報雷煥書兼華陰土一斤致煥煥將拭劍轉精明也用之則行斯爲美矣求而必得不亦説乎豈獨媚旭日以晶熒晶音精熒惠扃切帶長川之清淺皎如珠吐疑剖蚌之乍分綮若星繁似流雲之初卷是以周德思比而岐昌郎詠陸文可侔陸機事見題注而昭明是選梁昭明太子集漢文選若然者可以議披沙之所託明揀金之所裁良工何遠善價爰來拂以增光寧謝滿籯之學漢書韋賢曰遺子黄金滿籯不如教子一經汰之愈朗詎懸擲地之才晉孫綽字興公作天台山賦示

范滎期期曰此賦客有希採掇於求寶之際擲地必爲金聲也

庶斯文之在哉

迎長日賦三王迎日禮用夏郊出禮郊特牲天子適四方先柴郊之祭也迎長日之至也注云易說曰三王之郊一用夏正夏正建寅之月也此言迎長日者建卯而晝夜分分而日長也故賦謂寅方卯位以此爲

惟饗帝以事天必推策而迎日策著也寅方肇建侯啓蟄以展儀左傳桓九年凡祀啓蟄而郊啓蟄謂建寅之月卯位將初爰用牲而協吉送烈烈之凝氣詩冬日烈烈

烈導遲遲之陽律（詩春日遲遲）猶分可愛之輝（左傳文九年賈季曰趙衰冬之日趙盾夏之日注云冬日可愛夏日可畏）式佇寅賓之質（書寅賓出日注云寅敬賓導也）稽之虞典期匪疾而匪徐行以夏時（論語行夏之時）契惟精而惟一職在馮相（周禮春官馮相氏冬夏致日秋冬致月以辨四時之序）事傳小正（禮記禮運孔子曰我欲觀夏道是故之杞而不足徵也吾得夏時焉注云得夏四時之書其書存者有小正）符上春以備儀必修其始先仲春而有事故謂之迎時也淑景初延幽陽潛啓當四時之首位用三代之達禮探賾索隱得郊

泰

祀之元辰極牲知來正邦家之大體事冠前古儀標後王皮弁乍臨郊特牲祭之日王皮弁以聽祭報示民尊上也土圭之影猶積周禮土方氏掌土圭之灋以候日景注云日景者夏至景尺有五寸冬至景丈三尺其間則日有長短泰壇既罷禮記祭法云燔柴於壇祭天也廣雅曰圓丘泰壇祭天方丘泰折祭地玉漏之聲漸長張衡漏水轉渾天儀制曰以銅爲器再疊差置實以清水下各開孔以玉虯吐漏水入兩壺右爲夜左爲晝變熙熙之純曜流杲杲之晴光詩其雨其雨杲杲出日璧影始融麗景才凝於城闕輪形尚疾斜暉未駐於康莊是知迎長日之儀實

王心之所共兆南郊之位乃陽事之所用故可以知上下之際見天人之交動浮先於俎豆散微照於苞茅周流金石暉照陶匏禮記器用陶匏以象天地之性也異乎天紀不修書傲擾天紀注云紀謂時日秦伯尚矜其泰時以秦本紀及封禪書考之秦襄公作西時祠白帝至文公作鄜時宣公作密時靈公作吳陽上時祭黃帝下時祭炎帝獻公作畦時祀白帝皆未嘗立泰時至漢武元鼎中始立泰時祠太一則泰時乃漢立也賦云秦矜泰時恐誤日官失職左氏傳天子有日官諸侯有日御晉侯徒繼乎夏郊左傳昭公七年鄭子產聘于晉晉侯有疾韓宣子逆客曰寡君疾今三月矣今夢黃

熊入于寢門其何厲鬼也對曰昔堯殛鯀于羽山其神化爲黄熊以入于羽淵實爲夏郊三代祀之晉爲盟主其或未之祀也乎韓子祀夏郊晉侯有間于以迎之則

無爲者委照將久豈三舍之足憑淮南子魯陽與韓戰酣日暮援戈揮之日反三舍延光可期胡再中之云假漢書文帝時新垣平言臣候日再中居頃之日却復中乃更以十七年爲元年風俗通曰成帝問劉向俗說文帝及徵後期不得立日爲再中向曰文帝少即位不容再中自然

應以繁祉錫之純嘏詩天錫公純嘏禮儀允洽于人

神正朔克周干戎夏今我后再新古禮與天

地相參應戩穀之宜詩俾爾戩穀受之千億奉郊

祀之報至于再三然則迎長日恭祀事並虞夏而何慙

記里鼓賦武聖人立制智者研精題見晉書輿服志記里鼓車駕四形制如指南車又見葛洪所集西京雜記崔豹古今注曰大章車所以識道里也起於西京亦曰記里車車上有二層皆有木人行一里下層擊鼓行十里上層振鐲尚方故事有作車法

异哉鼓之設也恢制度于天邑佐大禮于時行卽行贊盛容而立之斯立觀其象可以守威儀之三千禮記經禮三百威儀三千節其音可以表吉

行之五十漢書師行三十里吉行五十里配和鑾以入用竝司南而爲急司南車名周公因重譯來朝而迷歸路故制此以導其歸國又名指南若乃郊薦之儀既陳封禪之禮攸執經千里之分寸可候度四方而禮容是集施五擊於華山之野知霧氣已籠用百發乎南山之陽識雷聲所及先聖有作後王式遵啓玄機以求舊運智巧而攸新相彼良工自殊昧道之士眷玆木偶應異迷途之人見題注齊步武而無佚差遠近而有倫遵大路罔愆乎禮

典聽希聲克正于時巡古者天子巡狩按時而行五嶽雖道有環迴地分險易易以豉切固善應而莫實諒知幾而有爲于僞切載考載擊所辨于長亭短亭匪疾匪徐足分乎有智無智世說魏武帝過曹娥碑碑背上題作黃絹幼婦外孫虀臼楊脩便解魏武行三十里方悟歎曰我才不如卿有智無智較三十里觀其妙矣孰測其微細觀其徼矣徼吉弔切詎知其啓閉音不衰而得度饗其鏜而有制鏜音湯鐘鼓聲于以翊龍御于以引天旋巽銅渾之儀渾天儀制以銅爲器再疊差置實以清水下各開孔以玉虬吐漏水入兩壺右爲夜

◎

涉

左爲晝又蓋上鑄金爲司辰具衣冠左手把箭右手指刻以別天時早晚亦可叙紫微之星次紫微垣在太微天市二垣之內殊玉漏之制而能黃道之日躔黃道日行之處天之中央周物之智斯設易曰智周乎萬物極深之機是研易曰夫易聖人所以極深而研機也鄙繁音之坎坎坎坎鼓聲詩坎其擊鼓宛丘之下陋促節之闐闐妙出人謀思由神假時然後擊贊賞典于今玆動惟其常契同文于古者由是皇衢以正帝道斯盛恭出震以成威膺御乾而啓聖我后得以昭文物展聲明不僁于素僁音愆

可舉而行宜乎騁墨妙呈筆精固敢先三雅而獻賦庶將開萬國之頌聲

吾子

曰吾子來也以有餘而欲及人乎曰然若用子而能使竭忠孝乎曰否夫無忠而忠見無孝而孝聞曷若使不見而忠無聞而孝肅然已出熙然已及夫巳也渾然矣乎

劉叟傳

魯有劉叟者嘗以御龍術進於魯公云云劉

叟曰歲不雨無以出終無以入民枯然視天卿士大夫絶智謀山川禱神祇以祈咸不應臣投是龍於咫地之内不踰晷雷孚上下雷孚東西於是先之以風騰之以雲從之以雨如君之意欲一邑足之欲一國足之欲天下足之魯公曰斯龍也其神乎是則寡人之國非敢用劉叟曰臣聞避風雨禦寒暑當在未寒暑乎是故事至而後求曷若未至而先備於是魯公止劉叟而内龍明年果大旱命劉

叟出龍果大雨

河間傳

河間淫婦人也不欲言其姓故以邑稱始婦人居戚里有賢操自未嫁固已惡羣戚之亂尨羞與爲類獨深居爲翦製縷結既嫁不及其舅獨養姑謹甚未嘗言門外事又禮敬夫賓友之相與爲肺腑者其族類醜行者謀曰若河間何其甚者曰必壞之乃謀以車衆造門邀之遨嬉且美其辭曰自吾里有河間戚

里之人日夜爲飾厲一有小不善唯恐聞焉今欲更其故以相效爲禮節願朝夕望若儀狀以自惕也河間固謝不欲姑怒曰今人好辭來以一接新婦來爲得師何拒之堅也辭曰聞婦之道以貞順靜專爲禮若夫矜車服耀首飾族出讙鬧以飲食觀游非婦人宜也姑強之乃從之游過市或曰市少南入浮圖有國工吳叟始圖東南壁甚怪可使奚官先壁道乃入觀觀已延及客位具食帷牀之側

聞男子欬者河間驚跣足出召從者馳車歸泣數日愈自閉不與衆戚通戚里乃更來謝曰河間之遽也猶以前故得無罪吾屬耶向之欬者爲膳奴耳曰數人笑於門如是何耶羣戚聞且退朞年乃敢復召邀於姑必致之與偕行遂入隥隥州西浮圖兩間〔隥口既切 又何開切〕叩檻出魚鼈食之河間爲一笑衆乃歡俄而又引至食所空無帷幕廊廡廓然河間乃肯入先壁羣惡少於北牖下降簾使女子爲秦

聲倨坐觀之有頃壁者出宿選貌美陰大者主河間乃便抱持河河間號且泣婢夾持之或諭以利或罵且笑之河間竊顧視持已者甚美左右爲不善者已更得適意鼻息咈然意不能無動力稍縱主者幸一遂焉因擁致之房河間收泣甚適自慶未始得也至日仄食具類呼之食曰吾不食矣且暮駕車相戒歸河間曰吾不歸矣必與是人俱死羣戚反大悶不得已俱宿焉夫騎來迎莫得見

左右力制明日乃肯歸持淫夫大泣齧臂相與盟而後就車既歸不忍視其夫閉目曰吾病與之百物卒不食餌以善藥揮去心怦怦（披耕切又音抨）恒若危柱之絃夫來輙大罵終不一開目愈益惡之夫不勝其憂數日乃曰吾病且死非藥餌能已爲吾召鬼解除之然必以夜其夫自河間病言如狂人思所以悅其心度無不爲時上惡夜祠甚夫無所避既張具河間命邑臣告其夫召鬼祝詛上下吏訊驗

笞殺之將死猶曰吾負夫人吾負夫人河間大喜不爲服闞門召所與淫者倮逐爲荒淫倮力果切居一歲所淫者衰益厭乃出之召長安無賴男子晨夜交於門猶不慊苦簟切又爲酒壚西南隅巳居樓上微觀之鑿小門以女侍餌焉凡來飲酒大鼻者少且壯者美顔色者善爲酒戲者皆上與合且合且窺恐失一男子也猶日呻呼懵懵以爲不足積十餘年病髓竭而死自是雖戚里爲邪行者聞河間之

名則掩鼻蹙頞皆不欲道也柳先生曰天下之士爲脩潔者有如河間之始爲妻婦者乎天下之言朋友相慕望有如河間與其夫之切密者乎河間一自敗於强暴誘服其利歸敵其夫猶盜賊仇讎不忍一視其面卒計以殺之無須臾之慼則凡以情愛相戀結者得不有邪利之猾其中耶亦足知恩之難恃矣朋友固如此況君臣之際尤可畏哉余故私自列云

箏郭師墓誌

郭師時之善箏者故以是稱焉誌云丁酉之年秋既季月闕其園於是始葬元和十二年九月十六日也又云仁人我哀埋勿弃以是日葬也公時在柳州劉夢得集有與公書云發書得箏郭師墓誌一篇以爲其工獨得於天姿使木聲絲聲均其所自出屈折愉繹學者無能知又云郭師與不可傳者死矣絃張柱差枵然貌存中有至音含糊弗聞噫人亡而器存布在方冊者是巳余之伊鬱也豈獨爲郭師發耶想足下因僕書重有槩耳葢覩箏師之事覩公之文而有感也

郭師名無名無字父爽雲中大將無名生善

擘与腕同

音能鼓十三絃阮瑀箏賦曰箏長六尺以應律絃十有二象十二時柱高三寸象三才唐史音樂志云箏本秦聲也制與瑟同而絃少案京房造五音唯此瑟十三絃此乃箏也今雅樂清樂箏竝有十二絃他樂皆十有三絃郭師所能者蓋十三絃者也其爲事天姿獨得推七律三十五調切密邃靡布爪指運掌擘擘舊作緊胥山沈公謂當作擘音於煥切儀禮曰鉤巾指結于擘掌後節中也又音牽音慳擊也牽也使木聲絲聲均其所自出屈折愉繹學者無能知自去乳不近葷肉以是慕浮圖道既失父毋即弃去兄弟自髡緇入代清涼山代謂代州又南來楚中然遇

其故器不能無撫弄吳王宙刺復州太宗子吳王恪

恪子琨琨子祇祇子巘巘子宙皆嗣爲王或以告乃延入強之宙

號知聲音抃蹈以爲神奇會宙貶賀州遂以

來性愛酒不能已因縱髮爲黃老術薛道州

伯高抵宙以書必致之至與坐起伯高褎邪

人也嗜其音至善處輒自爲擊節敎閽管謹

視出入餌仄栢不食穀三年變服道逃九疑

叢祠中神之依叢木者謂之叢祠披取之益善親遇終不

屑卒乘暴水入小船下岣嶁山岣嶁山名嶁力主反求

道籙會歐陽師死不果受張誠副嶺南又強與偕誠死至是抵余時已得骨髓病日猶鼓音四五行居數日益篤既病自爲歌死三日葬州北岡西志其詞曰

雲州生柳州死年五十病骨髓天與之音今止矣丁酉之年秋既季元和十二年季秋也月闕其團於是始謂九月六日也十心爲浮圖形道士仁人我哀埋勿弃

趙秀才羣墓誌

夫

嬰曰

嬰曰死信孤乃立。趙氏在春秋時事晉至景公三年大屠岸賈殺趙朔趙同趙括趙嬰齊滅其族趙朔妻成公姊有遺腹走公宮趙朔客曰公孫杵臼杵臼謂朔友人程嬰曰胡不死朔婦有遺腹若幸而男吾奉之後果生男屠岸賈索之嬰與杵臼謀乃取他人子使杵臼負而匿諸將遂索杵臼殺之程嬰與趙氏眞孤俱匿山中至十五年景公疾卜云大業之後不遂者爲祟於是召趙孤及程嬰復與趙田邑如故王侯世家天水邑。羣字容成系是襲。祖某父某仕相及。一本止作祖仕相及嗟然秀才胡伋伋。體貌之恭藝始習。娶于赤水禮猶執。南浮合浦遽遠集。元和庚寅神永戢。庚寅元和五年問年二紀益以十。

年四也三十僕夫返柩當啓蟄左傳啓蟄而郊啓蟄建寅之月蓋正月也瀟湘之交瘞原隰稚妻號呼幼女泣和者悽欷行路悒追初憫夭銘兹什

太府李卿外婦馬淑誌公集有與李睦州書名字皆不得而詳然公誌及其私必與公相厚者元和五年公時與李俱在永州故云卒于湘水之東誌是時作也漢書齊悼惠王其母高祖微時外婦也顏師古曰謂與旁通者其云外婦本此

氏曰馬字曰淑生廣陵廣陵揚州母曰劉客倡也淑之父曰摠既孕而卒故淑爲南康謳者李

君爲睦州詆狂冠見誣左官爲循州録過而
慕焉李爲睦州刺史元和二年爲李錡所誣得罪貶循州納爲外婦倩
竄南海上及移永州更大赦李量移永州州之騷人多
李之舊日載酒往焉聞其操鳴絃爲新聲撫
節而歌莫不感動其音美其容以忘其居之
遠而名之辱方幸其若是也元和五年五月
十九日積疾卒于湘水之東葬東岡之北垂
年二十四銘曰
容之丰兮藝之功隱憂以舒和樂雍佳冶彫

殞逝安窮、諧鼓瑟兮湘之滸、謂湘靈鼓瑟也嗣靈音

兮永終古、湘靈鼓瑟令淑之死能嗣其音也

萬年縣丞柳君墓誌并序○史表載虬後周中書侍郎美陽孝公與誌稍戾豈史誤耶萬年公正元十二年卒是年葬誌是時作

惟貞元十二年龍集景子景龍太歲也三月日前萬年縣丞柳君終于長安升平里之私第享年五十長子弘禮承家當位次曰傳禮幼曰好禮奉夫人洎仲父之命考時定制動合古

道三日而殯三月而葬禮記王制大夫士庶人三日而殯三月而葬粤五月十九日甲子克開長安縣高陽原祔於先塋禮也先時撰展。酌禮撰擇也稱義備物外姻畢至左氏傳云士踰月外姻至宗人來會從弟宗元受族屬之教泣涕濡翰書辭紀行曰君諱元方字某解人也系自周魯後得柳姓魯世家孝公子展之孫以王父字爲謚至展禽食菜於柳因爲氏魯爲楚滅柳氏入楚楚爲秦滅柳氏遷晉之解縣故柳氏爲河東解人七代祖虬後魏中書令封美陽公虬字仲盤西魏大統之中爲中書侍郞四葉至皇考惇

祖彩偉
濟德上下暢
有彩文

皇朝散大夫資陽令祖延州司馬考顺宣州
寧國丞濟德克紹厥類藏聰晦明粹爲淑和
少孤季父建（順有三子長曰元方季即建建爲金部郎中）撫字訓
道通左氏春秋貫歷代史指畫羅列接在視
聽嗜爲文章辭富理精以門廕出身調補宣
州漂水尉綱簿貢賦入于天府特授同州馮
翊尉改京兆府雲陽主簿轉長安主簿遷萬
年丞端靖守貞處劇不撓秩滿居養素食貧
常好竺乾之道自搌塵昏之外（搌音展極也外一作表）

顛乃先方先諱又非顛覆顛字

泊如也既而嬰被沉疾不克永壽姻戚動懷明友道傷僉曰天之報施善人何如哉君前娶河南獨孤氏左司郎中緬之女緬之子三人寔寂寀也無子早世繼室以裴夫人諫議大夫虬之女虬河東人代宗時擢爲諫議大夫陰教內則著於閨闈有女三人焉嗚呼銘誌之來古矣是不可闕遂勒玄石措于陰堂陰堂謂壙中也銘曰

振振吾宗德之宅耶惟君之德至其顛耶德而不壽命既厄耶松栢蒼耶不朽石耶

處士段弘古墓誌并序。御史中丞崔公能也時爲永州刺史公元和九年尚在永州故薦弘古於崔迨其死崔猶爲經紀其喪可謂賢矣公正集有祭弘古文當其喪過永州時作誌亦作於是時也

段處士弘古讀縱橫書漢志有縱橫十二家蓋戰國蘇秦張儀之書也剛峭少合尨濩落濩落大貌莊子作爲瓠落落意與濩落同不事產人或交之度非義輒去以故年五十不就祿嘗以法家言漢志有法家者流之言抵御史大夫何士幹延以上座將用之會士幹死聞襄陽

節度使于頔，愛人大言，遂干以兵畫，一見喜甚。居月餘，視頔終不可與立功，又遁去。（頔之字曰允元。貞元十四年九月以頔爲襄州刺史、山南東道節度使。）隴西李景儉（景儉之字曰致用）、東平呂溫（溫之字曰化光）高氣節，尚道藝，聞其名，求見，大懽，留門下，或一歲，或半歲，與言不知日出。溫卒（溫卒于元和六年）、景儉逐（元和三年十月景於貶黜爲江陵戶曹參軍），前右拾遺張宿（宿一作道）與然諾南見中山劉禹錫、河東柳宗元二人者，言於御史中丞崔公。公時降治永州，知其信賢，徵

其去徼音邀通遮也又南抵好義容州扶風竇羣是時元和八年四月以羣爲容管經略使途過桂桂守舊知君拒不

爲禮君憤怒發病不肯治曰平生見大人未

嘗相下今窮於此年加老挨挨無所容入也

益困於俗笑吾安用生爲埋道邊耳居六月

死逆旅中崔公爲出涕命特贈賻致其喪來

永州哭爲祭之與喪具道里費歸葬澧州安

鄉縣黃山南麓上君之死元和九年八月十

六日後某月日葬祖某官父某官妻彭城劉

氏子知微知章皆未冠銘曰

廉不貪直不倚困者吾之困者蓋謂巳及劉禹錫之屬皆窮困也通者不以以用也言通達者不用也不懲其躓卒以元死觀游非類有賤非鄙何以葬之黃山南趾

潞州兵馬曹柳君墓誌誌云正元二年七月十一葬誌嘗是時作

柳氏子某爲平陸丞王父母之喪寓于外貞元二十一年始葬于虢之閿鄉窆說文窆葬下棺也○窆保驗切墨遇食乃貽書其族尚書禮部員外郎

宗元使爲其誌且曰吾之先自魏巳來爲宰相者累世（廖爲魏之侍中自後四世爲宰相）我高祖諱萬齒爲伊闕令襲其先河間郡公曾祖諱某淅州剌史咸有懿德洎于兵曹府君諱某勤身惠志好義能讓而同故交者固直而敬故親者睦凡舉明經者四皆獲矣仕初爲陸渾主簿次吳縣尉次上黨丞次滁州兵曹參軍其勾稽擿發毗贊闕決無不勝職加朝散大夫某年月日終于官次殯于州若干里會世多難

家又貧窶故不及夫事嗚呼我曾祖王父葬于潁陽我伯祖叔祖洎伯父皆葬閿鄉皇天原望壽里潁陽北臨閶其地陰狹岸又數壞大懼不克久安神居是以從他兆于茲卜用七月六日甲子將以具于玄堂之下固故有望乎爾也於是刪其書爲文置于郵中俾移於石上

永州司功參軍譚隨亡母毛氏誌文

年月誌皆不載據題云永州公作永時作

毛氏夫人父曰儀禹豊州別駕祖弘義濟州
戶曹夫人歸譚氏曰損爲鄧州司倉參軍損
父昌爲常州錄事參軍祖曰元愛爲左羽林
大將軍弘農男惟譚洎毛氏於周咸爲諸侯
譚入于莒毛及魏爲后族千歳復合夫人生
丈夫子曰隨隨謹愿好禮始克於裴柳爲姻
隨娶裴氏今中書舍人次元之族弟也女子
嫁柳氏曰從肇曰余族兄也余早承族兄之
教聞夫人之德且曰隨之所以能立洎吾嫂

之所以令皆夫人之訓則宜有以文其聲詩刻而措諸墓夫人諱某壽若干某年月日終某月日祔于此誌曰

周之列國譚子毛伯合是二姓從其匹敵夫人有訓乃策厥族惟時善良不享豐福懿厥子姓追號憲德內言不出孰表貞節顧垂休銘永誌幽谷

河東先生外集卷上

東吳郭雩鴻校書梓

河東先生外集卷下

表啓

爲文武百官請復尊號表

六百公正集中有爲京兆府請復尊號表三又有爲耆老請復尊號表二皆在正元十九年間蓋爲德宗復聖神文武之號作也其事已詳於正集之注今又有表六蓋在正集之表前作正元五年公時年十七初舉進士

臣等言臣竊觀前代之盛列辟之英司馬相如歷選列辟咸保鴻名而崇明號或配其德或昭其功蓋所以揚耿光書以覲文王之耿光以揚武王之大烈耿光光明也彰

淳懿而示遠也其有晻然不耀後嗣何觀蔽而不揚羣臣之罪伏惟皇帝陛下由正統而臨祚承聖緒而受圖稟高明之姿於天侔博厚之德於地（禮記博厚配地高明配天）端教化之本制刑禮之中聲振八區威加六合運玄造之化靡有不通成陰騭之功莫之能測是用光膺聖神文武之號（建中元年正月羣臣上尊號曰聖神文武皇帝）其後雖逢阨運（興元元年正月以朱泚之亂去尊號）今睹昌期誠我武之掃清（書我武惟揚侵于之疆）猶自咎而抑損同罪已

之義左傳禹湯罪己其興也勃焉明愛人之仁群臣等上
順聖心以成恭德而退懷大懼謂掩全功五
年于茲自興元元年甲子至貞元四年戊辰爲五年矣若墜冰谷貞元五年十月百寮請復尊號不允方今百職皆理庶績其凝書皐陶謨之詞凝成也人用咸和書用咸和萬民咸和皆和也俗惟丕
變陳師鞠旅兵法二千五百人爲師五百人爲旅無犯塞之虞
畫界封疆無專地之患四海寧一萬類蕃滋
薄刑濫不究之聲漢書于定國爲廷尉民自以爲不寃逋賦棠
勿收之惠西成有穰歲之報南極見壽星之

祥靈貺屢加天恩允荅豈宜固爲菲薄以掩
盛明尊號之崇願復如舊況臣等親奉平明
之理久蒙覆露之恩耻德美之不彰憂罪戾
之將及伏惟陛下復循舊典俯徇群情誠天
地神祇内外臣庶之所望也臣等無任屏營
悃懇之至

第二表

臣等言臣等前詣朝堂上表伏請復加尊號
奉被還旨未遂懇誠拳拳顒顒不勝大願臣

等伏以崇明號昭感德爰自中古實爲上儀以至于我祖宗莫不膺茲典禮伏惟皇帝陛下有廣運之德弘照徹之仁燭幽以明威遠以武惠澤之被誠浹洽于八方（浹即協切）英聲之揚宜越軼于千古（軼徒結切）而乃久爲抑損以守謙恭事有曠而不遵禮有缺而未備臣等又以爲不私與已是謂至公有美之而莫敢辭有非之而莫敢隱必推於物而順於人旣以徇於羣心又思叶於中典此皆聖人之事也

且夫虛而失實則誇矅而誣質而不華則朴畧而固所以王度資於潤飾（左傳昭十二年思我王度式如玉式如金王度王之法度也）帝者務於恢崇將以法日月之昭明配天地之廣大（易繫辭廣大配天地）聳遠方之觀聽兼前代之軌模然後表其全功謂之盡善不可以方當陛下臨位羣臣在庭而使鴻名不彰盛典猶闕既無以光昭衆美又無以丕承舊儀則臣等蒙耻於今獲罪於後實爲大懼敢忘盡規尊號之崇願從羣議伏惟陛

下俯迴宸矚察納愚悃誠不惟臣等受恩天下幸甚無任區區懇迫之至謹昧死重詣朝堂奉表固請以聞臣等誠懇誠勤頓首頓首謹言

第三表

臣等言前再上表請加尊號實以功德俱茂典禮宜崇然而不能鋪陳無以動宸愚誠雖竭天鑒未迴臣某等誠恐誠懼頓首頓首臣等謹按白虎通曰號者功之表也神農有教

田事之勤燧人有與火食之利伏羲正五始
白虎通云正五行祝融續三皇白虎通曰謂之祝融何祝者屬也融者續
也言能屬續三皇之道而行之故謂之祝融也人爲之名以美其事
其後帝王之盛洎我祖宗之明咸因人心而
順古道雖損益或異而表功明德一也臣等
是以遵有國之令典採上古之遺文察人心
於謳謠謳鳥侯切觀天意於符瑞敢以爲請累表
陳誠曩者運丁艱難時或順動易聖人以順動故刑罰清
而民服陛下思成湯之罪己左傳禹湯罪己其興也勃焉念

周宣之側身詩雲漢仍叔美宣王也宣王遇烖而懼側身修行欲銷去之去徽號而不稱垂烱戒而自儆烱古迥切應天以德示人以恭聞于蠻貊戎夷告于天地宗廟是故咸知陛下之志慕義而歸仁潛感陛下之誠通靈而助順今者君臣同德上下叶心百職畢修庶官以序禮法明具教化流行方內歡康方內言四方之內也天下寧一四人遵業萬類樂生嘉應休徵神物靈貺形于草木著于星辰而辭之以仁壽未臻至化猶鬱遂使德誠

可紀名號未崇不告於明神不示於殊俗將
何以知陛下之戡難將何以表陛下之致平
下無以威於四方上無以報於九廟其不可
一也淳古之至化邈而不足烈祖之盛儀廢
而不續其不可二也庶正群官宗室支屬西
土耆長大學諸生黃冠之倫緇衣之侶萬衆
伏闕彌旬織路而乃不從人心以違公議其
不可三也守謙恭卑讓之志忽光大弘遠之
圖臣等誠雖至愚以爲大謬伏以常久之德

貞夫一也易天下之道貞夫一者也元始之義善之長也易元者善之長也并包覆露天之大也清淨玄默道之妙也睿智之周物不可以不稱夫聖也妙筭之無方不可以不稱夫神也行仁義修典法歌詩頌考文章不可以不稱夫文也却戎狄翦暴逆邊兵之整禁衛以嚴不可以不稱夫武也而合於唐堯乃聖乃神乃武乃文之德臣等謹稽之乾符叶於古典侔德澤之廣配功業之崇昧冒萬死伏請上尊號曰貞元

大道聖神文武皇帝臣等竭其精誠發於交感無以迴日其能動天無任犇營悃懇之至謹復詣朝堂奉表固請以聞臣某等誠惶誠恐頓首頓首

第四表

臣等言去年（貞元五年）九月三度詣闕上表（即前所上二表）請復上尊號悃懇雖竭精誠莫遂又懼於累塵聖聽是用中輟大願未畢羣心靡寧臣某等誠勤誠懇頓首頓首臣等生逢昌運早

列清朝獲覩文明繼跡聖俊亦嘗考前載於
史氏訪遺儀於禮官至於保鴻名尊號之榮
昭茂功盛德之美皆烈祖之垂法爲累代之
成規子孫之所宜丕承臣下之所宜崇奉陛
下纂聖緒而臨下遵令典以制中則亦俯從
公卿大夫之請先膺聖神文武之號閒者陛
下以禍亂之故特貶損以自儆以從一時之
宜信爲恭也今乃欲遂變更而不復以廢先
祖之典則若專焉豈陛下或未之思然臣等

實以爲懼雖欲行陛下之志奈先祖之典法何伏惟陛下因於憂勞深自咎責命祝史告于天地陳圭幣祠于祖宗布於羣臣聞于兆庶固能降開祐之福致感悅之誠咸和以叶心盡瘁而畢力弼成神造康濟艱難寇逆掃除暴疆擾順侯衛奉守屏之職夷狄爲來庭之賓兵戎不興邊鄙不聳文軌同於四海貢賦修於九州至若時候將僭必惟恩而內省皇情微軫遂交感而潛通陰陽和而風雨時

年穀熟而財用足休祥數見福應屢臻此皆
天地祖宗垂靈錫祉以成陛下之志明無不
答不享之咎也陛下宜承天意以悅神心增
修盛儀再加明號崇昭報之禮表恢復之功
而辭以仁壽未臻至化猶鬱則若尚懷不足
以要天地祖宗雖有固讓之勤而非重請之
義且夫號者其來尚矣燧人神農各旌其事
湯以其武而曰武王追我祖宗崇尚古道垂
著新法陛下獨爲辭讓以守謙沖則皇王將

有愧於前祖宗將不悅於後而帝德是非之
辯固有所歸國典異同之文後難以守且陛
下本爲烱誡（烱古逈切一作鑑誡）。以示敬恭誠謙德
也今以先王之道而不敢不法烈祖之訓而
不敢不承又謙德之大也若乃守獨善而遺
公議執小讓而忽宏規違臣庶之心廢祖宗
之典乃所以失陛下之恭德又徒以掩陛下
之全功臣等雖誠至愚竊所不取輒敢徵之
國典酌於經義取夫貞者事之幹元者善之

長以配聖謨神化之盛文德武功之崇叶紀
年之嘉名遵舊號之美稱以如開元故事謹
冒萬死請上尊號曰貞元聖神文武皇帝伏
惟陛下沛然迴慮俯徇羣情然後聖德之光
昭玄功之茂著後代得揚盛美而鑑至清是
羣臣之願也不勝懇迫之至謹奉表詣闕固
請以聞臣等誠勤誠懇頓首頓首

第五表

臣頎等言頎謂于頎臣等伏以尊號未復累具陳

請伏奉詔旨固守謙恭臣等上授天地神靈
次奉祖宗典法列經義而順古因人心以從
時詞繁而不能陳明誠竭而未蒙察納德美
盛而猶蔽憲度鈌而莫修罪戾是憂冰炭交
集臣某等誠惶誠恐頓首頓首臣某等伏以
先王之道由大中而可久近古之化以彌文
而益彰然則守謹而爲恭不如立中而垂法
表樸而略禮不如文明而化先況於文質異
時而國家自有制度豈直爲一王之法固以

邁三代之文其於規模信爲弘遠陛下嗣訓
先祖貽謀後聖當踐修以纂承寧變更而廢
墜臣等又伏讀詔書曰遐想哲王則自燧人
神農殷湯之時有其事也又曰欽若典訓則
自代宗肅宗玄宗而上有其儀也又曰所誡
者滿所尚者謙守之以誠期於終始臣等以
爲去鴻名而貶損謙之始也遵舊典而奉承
謙之終也造次而未嘗違於禮守之以誠也
敬恭而無或陷於專所誡者滿也又曰虛美

崇飾所不敢當伏惟皇帝陛下恤人之心動天之德致理之文教戡難之武功著於頌聲光於史氏上有其實無虛美之嫌下盡其誠非崇飾之僞又曰勉一乃心共康庶政曩者公卿大夫侍御攜僕書左右攜僕攜僕者謂左右携持器物之僕或從扞牧圉左傳信二十八年甯武子曰不有行者誰扞牧圉注牛曰牧馬曰圉或備持戈矛蓋有同力之誠而無離德之聞令者四岳羣后九土庶邦外自藩維內及宗室黃髮耆老青衿諸儒或僉以同辭或遠

國語注鑽臏刑也鑿黥刑也

而抗䟽一心之效也羣材序進百職交修烽燧不驚兵戎以息鑽鑿不用獄訟以衰六氣和而風雨時五穀昌而倉廩實庶政之康也誠由教化以致雍熙自當冠於皇王寧復謝於堯禹宜加明號以表成功陛下雖以爲辭臣等未知其說又伏奉詔旨令臣等斷表伏以君親一致臣子一例而春秋之義不以父命辭王父命臣某等命得遵先帝之典以陛下之詔以字下逸一字謹昧冒萬死伏請復上尊號如前不勝

惶懼懇迫之至

第六表

臣頎等言臣等今月七日所上表昨十五日

下詔旨加辭讓愈固臣等感謙冲於盛德而

私有舊典隳廢之憂懼煩瀆於聖聽而內懷

微誠懇迫之切進退兢惕不知所措臣某等

誠惶誠恐頓首頓首臣某等伏以事貴舉其

中名惡浮於實得其中不宜變之而失正有

其實不必避之以爲恭况於祖宗之矩儀國

家之典制陛下教遵道備德博化光辭取於
貶損而自卑朴略而大簡者也昔漢宣帝謂
元帝曰我漢家亦自有制度見漢元帝紀諸葛孔
明誡其主曰不宜妄自菲薄前史載之詳矣
幸陛下思之臣等又以爲執小讓之賢不足
以方得宜合度之善去鴻名之敬不足以補
變法改作之專陛下行之將何所守伏以高
祖受其明命歷代承以聖德至陛下又有下
武繼文重熈累盛之美不可謂德之不嗣也

犴音岸梏古毒切拲音拱

復下缺一字

子り又跋

躬上聖之姿合至神之化有戡禍亂制夷狄之武〔一無有字〕修禮樂垂憲度之文不可謂實之不孚也比年以來俗化斯厚人少犯法吏無舞文獄犴將空梏拲不用可謂人皆遷善豈曰俗未勝殘然若辭之所未瘉也況於尊號之美陛下已受於初去之節由於艱虞復之宜因於康靖徒示其罰不旌其功何以知區宇之削平何以知宗廟之復似非陛下之本意但自欲攺先祖之遺儀耳內之臣庶跂履

歡一作勸

山川思報主恩誓雪國恥亦欲攄其宿憤表
其成勞陛下猶掩鴻名罔竄其事則此等如
有未盡不以爲歡儻陛下以自咎責之心尚
或未弭則羣臣不能匡輔之罪匡一作莊亦當未
除將何以蒙陛下之恩私將何以受陛下之
爵賞君猶含垢臣以偷榮羣下之情必深反
側又無以示於萬古無以威於四夷皆非遠
圖且乖大體臣等懷此數者恨恨而不能自
安謹昧冒萬死重違詔旨伏請復上尊號以

如前表伏惟皇帝陛下思聿修無忝之言詩無忝爾祖聿脩厥德顧屈已從人之義再膺大典俯徇羣心因來月謁太清宮太廟郊祀上帝貞元六年十月百僚請復尊號上曰春夏元旱宿麥不登朕精誠祈禱獲降甘雨既致豐穰告謝郊廟儻因禋祀而受尊號是有爲爲之勿煩固請十一月庚午祀南郊遂以告祠實臣等之至誠實臣等之厚幸不勝惶懼懇迫之至謹復詣朝堂奉表固請以聞

及大會議戶部尚書班宏又請改所上尊號加奉道字故其文如後表

宏衛州汲人貞元五年二月戸部侍郎遷本部尚書

伏以睿智之周物而靡不適不可以不稱夫
聖也妙算之無方而莫能測不可以不稱夫
神也行仁義修典法歌詩頌考文章不可以
不稱夫文也攘却戎夷戡翦暴逆邊兵以整
禁衛以嚴不可以不稱夫武也而合於唐堯
乃聖乃神乃武乃文之德博施不息而萬物
以生推功不宰而萬化以成合於書之奉若
天道之義臣等謹稽之乾符叶於古典侔德

澤之廣配功業之崇昧冒萬死伏請上尊號
曰神聖文武奉道皇帝此是改第三表
及大會議國子祭酒韓洄請歷數近
日徵應祥瑞故又改其文如後表
貞元七年以韓回爲國子祭酒
又伏見陛下以今年四月以來方當雩祭之
修而有旱備之請纔僁期而未害於物深軫
念而將卹其人氣潛通而交感以和澤旋流
而滂霈恩遠由是風雨時而霜雹不降稼穡

茂而蝗螟不生農功以成年穀大熟休祥數見福應屢臻仁木連理而垂陰嘉禾同穎而挺秀壽星舒景炎之盛芝草布葩英之重白麞凝彩而雪暉蒼烏取象於天色將徧於郡國相繼於歲時右具如表

為崔中丞賀平李懷光表懷光謀反貞元元年

為其部將牛名俊斬首以獻則公之表當是時作也然公時年十三不應有此文中丞者不詳其人矣文又闕不全云

臣某言伏奉某月日敕逆賊李懷光與臺末

馬

人（方言南楚凡罵庸賤曰臺）奚虜遺醜（懷光渤海靺鞨人醜類也）備聞兇險之行頗有殘暴之名陛下畧其細微假以符節盡委朔方之地（建中元年七月以懷光爲朔方節度使）猶分禁衛之兵（二年五月詔懷光率神策及朔方軍討李惟岳）不感殊私乃懷異望聞者饋貢不入王師問罪尋令舉軍赴敵而乃終歲無功（時李燧抱眞同討魏城未拔朱滔王武俊連兵救田悅詔懷光統朔方兵一萬三千同討悅懷光勇而無謀爲滔等所敗）洎駕幸近郊（建中四年十月丁未車駕至咸陽戊申奉天）赦還舊鎮將掃猾夏之盜因解奉天之圍（十一月懷光引兵敗

朱泚兵于醴泉泚聞之懼引兵歸長安由是奉天之圍解豈伊人謀蓋是

天意陛下但嘉其排難不省其由列爲上公

命作元帥及躡寇滑汭頓軍咸陽　闕

爲裴令公舉裴冕表大曆四年十二月戊戌裴冕卒八年公始生當無此表裴令公蓋裴遵慶也或曰按冕傳云大曆中郭子儀言於代宗曰冕首佐先帝驅馳靈武有社稷勳程元振忌其賢遂加誣罔海內寃之與此表合然此表當爲郭令公作其云云爲裴令公非也又傳云時元載秉政裴冕早所甄引載德之又貪其衰瘵且下巳遂拜左僕射同中書門下平章事不

踰月卒據元載之誅在大曆十二年而柳生於大曆八年是時方五歲而此表又當在載未誅之前時公未生或謂公集載先侍御府君神道表云汾陽王居翊方備禮延望恐此表乃其先人之作然亦不可得而考此决非公之文也明矣

臣某言聞忠邪不可以並立善惡不可以同道吳任宰嚭而伍胥誅夷吳王夫差元年以大夫伯嚭爲大宰嘗以報越爲志二年悉精兵以伐越之夫椒越王勾踐使大夫種因大宰而行成吳王將許之伍子胥諫不聽遂自殺吳王以鴟鵜盛其尸投之於江○嚭普鄙切楚任靳尚而屈平放逐屈原名平事楚懷王爲三閭大夫同列上官靳尚共毁譖

怠當作首

之王乃踈屈原原既放逐遂投於汨羅江而死遠惟前事孰不痛心

伏見澧州刺史裴冕忠肅道高德厚匪躬無怠有蹇諤之風易曰王臣蹇蹇匪躬之故道佐先帝驅馳靈武贊雲雷之業成社稷之勳至德元載玄宗幸蜀至益昌遣詔太子充天下兵馬元帥以冕為御史中丞兼左庶子為之副是時冕為河東行軍司馬授御史中丞設赴朝廷遇太子於平涼具陳事勢勸之朔方七月太子入靈武冕與杜鴻漸崔漪等勸進甲子以定策功以冕為中書侍郎平章事程元振忌其直方遂加誣構投謫荒裔天下稱寃寶應元年四月肅宗崩以冕為山陵使冕以倖臣李輔國權盛將附之乃表輔國親昵術士中書舍人劉

烜充山陵使官烜坐法免晃亦以議事與程元振相違貶施州刺史移澧州刺史空懷甌正之悲莫雪憎嫌之恥今姦邪屏退聖政大明廣德元年十一月削元振爵放歸田里百度惟貞諸本作大度誤四門以穆寰海之內元元之人莫不延首德音思聞至化願特令追晃列在天朝俾之端揆庶寮平章百姓處詢謀之任當爕理之權必能協和萬邦致君堯舜臣位兼將相職忝股肱思進賢傑共熙帝載二年二月以晃爲右僕射兼御史大夫充東都河南江南淮南諸路轉運使臣無任懇願之至

爲武中丞謝賜新茶表武元衡字伯蒼正元二十年遷御史中丞公時爲監察御史乃其屬也正集有爲武中丞謝賜櫻桃表此當次其後

臣某言中使竇某至奉宣旨賜臣新茶一斤者天睠忽臨時珍俯及捧戴驚忭以喜以惶中謝臣以無能謬司邦憲大明首出貞元二十一年正月德宗崩順宗即位易曰首出庶物萬國咸寧得親仰於雲霄渥澤遂行忽先霑於草木況茲靈味成自遐方照臨而甲拆惟新煦嫗而芬芳可襲調六氣而

成美扶萬壽以效珍豈可賤微膺此殊錫銜
恩敢同於嘗酒滌慮方切於飲冰莊子曰朝受命而夕飲冰我其內熱歟撫事循涯隕越無地臣不任感戴
欣抃之至

爲裴中丞賀破東平表元和十二年二月李師道誅東平盡平時御史中丞裴行立爲桂管觀察使

臣某言月日得進奏官狀報逆賊李師道以
某月日克就梟戮率土臣子慶抃無涯中謝臣
聞負恩干紀者鬼得而誅莊子爲不善乎幽闇之中者鬼得而

誅之犯順窮凶者天奪其魄左傳襄公二十九年鄭伯有使公孫黑如楚辭曰楚鄭方惡而使子往是殺余也伯有強使之子晳怒將伐伯有氏大夫和之十二月鄭大夫盟於伯有氏裨諶曰善之代不善天命也其焉辟子產舉不踰等則位班也擇善而舉則世隆也天又除之奪伯有魄不自妖孽曷彰聖功

伏惟陛下先天不違與神合契掩周宣中興之業陋漢光再造之勳靈旗四臨氛沴皆散凡在臣庶盡覩升平伏以師道席父祖以作威大曆中以李正己為平盧淄青節度使傳其子納納傳師道苞海岳而專祿恃東秦十二之險漢高帝六年田肯賀上曰秦形勝之國也

帶河阻山縣隔千里持戟百萬秦得百二焉
齊地方二千里持戟百萬縣隔千里之外齊
得十二焉此東西秦也百二者謂秦地險固
二萬人足以當諸侯百萬人十二者謂二十
萬人足當諸侯百萬人言齊雖
固不如秦二萬乃當百萬人誘臨淄三七
之兵史記蘇秦說齊宣王曰臨淄之中二萬
戶不下戶三男子三七二十一萬不待
發於遠縣而臨淄之
卒固已二十一萬矣竊據一方歲踰五紀朝
宗之地曠若外區禹貢海岱爲青州青州東
北據海西南距岱也又云
海岱及淮爲徐州東至海北至岱南至淮也
以其淮海之所在故曰朝宗此言東海爲師
道所
據也封祀之山隔成異域謂東封泰山
也在兗州累聖
垂德曾未悛心書惟受罔有
悛心悛改也餘孽滔天果聞

折首易有嘉折首獲匪其醜遂使云亭有主知玉牒之
將封封禪書炎帝封泰山禪云云黃帝封泰山禪亭亭後漢志曰云云亭亭皆泰山下小山也風俗通云封泰山封廣二丈高九尺下有玉牒書遼海無虞見
石砮之巳至國語武王克商通道于九夷八蠻使各以其方賄來貢使無忘職業於是肅謹氏貢楛矢石砮長尺有咫砮矢鏃也以石爲之○砮音奴此皆陛
下神籌獨得籌一作筭廟略無遺授任推盡力之
誠縱捨有感心之化金石可貫龜筮必從克
成不戰之功遂洽無爲之理臣謬司戎旅遠
守方隅愧無横草之功漢終軍當發使匈奴軍自請曰軍無横草

之功師古曰言行草中使草偃卧故曰横草也坐見覆盂之泰東方朔客難連四海之外以爲帶安如覆盂抃蹈歡慶倍萬恒情

賀赦表

表云況乃順時布政秉春導和此謂順宗嗣位肆赦也蓋當公之世人主嗣位肆赦惟順宗一人耳又云謬當任用職在藩維此必代桂廣帥臣作

臣某伏奉某月日恩制大赦天下一人有慶百度惟新戴天履土罔不欣抃中謝某聞天地成功施雨露而育物帝王繼統昇日月以垂曜羣品資始萬方文明伏惟陛下嗣守鴻業

先膺駿命淳化均於四序大德合於二儀保
寧社稷光宅區宇弘孝慈以御下崇恭儉以
垂休恩覃溪洞事冠千古況乃順時布政秉
春導和敷作解之澤宣在宥之典九族旣睦
四門廣闢而又洗滌幽縶雷雨之施也歸還
流竄羅網之釋也移叙貶黜覆載之仁也蠲
除逋債政理之源也褒寵勳賢激勸之方也
廢金寶之貢有以彰儉德搜遺逸之士有以
表至公元勳宿將賞延子孫庶尹卿士榮周

存殁廣直言之路啓進善之門德超虞夏道掩軒頊必將平一殊俗發揮大猷億萬斯年永荷天緒臣謬當任用守職藩維不獲奔赴闕庭親覩盛禮感悦懽抃倍萬恒情

賀皇太子牋皇太子乃元和七年所立遂王宥者一日皇太子恒憲宗第三子

宗元皇恐言伏奉六月七日制元和聖文神武法天應道皇帝光受徽號元和十四年七月羣臣上尊號日元和聖文神武法天應道皇帝率土臣子懽抃無涯伏惟

皇太子殿下麗正居中輔成昌運消伏沴孽贊揚輝光鴻名允升大慶周洽表文武之經緯著天道之運行瑞景照臨示重輪之發耀崔豹古今注曰漢明帝爲太子樂人作四歌贊德其曰日月重輪恩波下濟見少海之增瀾山海經曰無臯之山南望幼海郭璞注曰即少海也昔天子比大海太子爲少海宗元忝守遐方公時在柳州其年十月卒于柳獲聞盛禮踴躍之至倍萬恒情謹附牋賀宗元惶恐死罪死罪

賀裴桂州啓裴桂州即前中丞公行立也行立爲桂管觀察

使在元和十三四年間時淮西已平公前有爲賀淮西平赦表此豈赦後有所封贈故公以啓賀之歟

宗元啓伏承天恩榮加寵贈伏惟增感抃慶罔極某聞揚名以顯孔聖于是作經孔子曰揚名於後世以顯父母大孝所尊曾子以之垂訓禮記曾子曰大孝尊親雨露敷澤日月垂光盛德果驗於達人左傳昭七年聖人有明德者若不當世其後必有達人積善必徵於餘慶易積善之家必有餘慶天下人子羨慕無階某特承恩眷倍百恒品恨以守官不獲奔走拜賀無任

展轉惶灼之至

與衛淮南石琴薦啓衛淮南次公也以檢校工部尚書爲淮南節度使在元和十二年淮蔡平後傳云次公本善琴方未顯時京兆尹李齊運使子與之遊請授之法次公拒絶因終身不復鼓而公此文在柳州作則衛時尚鼓琴也史傳之載過乎實矣

疊石琴薦一出當州龍壁灘下右件琴薦躬往採獲稍以珍奇特表殊形自然古色伏惟閣下稟夔旦之至德蘊乎曠之玄蹤人文合宮徵之

深國器專瑚璉之重論語子謂子貢汝器也瑚璉也注云夏曰胡商曰璉宗廟之器藝深攫醳史記田完世家鄒忌子曰大絃濁以春温者君也小絃廉折以清者相也攫之深醳之愉者政令也醳舒也音釋攫厥縛切將成玉燭之調爾雅四時和謂之玉燭思叶歌謠足助薰風之化舜作五絃之琴以歌南風曰南風之薰兮可以解吾民之慍兮願以瑱璞上奉徽音增響亮於五絃應鏗鏘於六律沉淪雖久提挈未忘儻垂不徹之恩禮記士無故不徹琴瑟敢效彌堅之用

答鄭員外賀啓

李師道三代受恩代宗永泰元年七月以李正已爲平盧淄青節度使德宗建中二年七月卒子納領軍務貞元八年五月卒子師古領留務憲宗元和元年閏六月卒弟師道領留務是爲三代受恩四兇負德四兇謂正已納師古師道聖朝含育務在安人不知覆載之寬弘更縱豺狼之扞蠹王師一發兇首已來萬姓稱歡四方無事

答諸州賀啓

李師道累代負恩不知悛革餘孽怙亂孽魚列切本作蘖更肆猖狂王師暫勞已致梟戮率土歡

抃慶賀難勝太平之功自此而畢

河東先生外集卷下

東吴郭雲鵬校壽梓

河東先生龍城録目録

卷上

李太白得仙

韓退之夢呑丹篆

寧王畫馬化去

含元殿丹石隱語

景州龍見三頭

神堯皇帝破龍門賊

明皇夢遊廣寒宫

任中宣夢水神持鏡

夜坐談鬼而怪至

裴武公夜得鬼詩

房元齡有大譽

閻立本有丹青之譽

王宏善爲八體書

張彔著龍山史記注

龍城無妖邪之恠

王漸作孝經義

晉哀帝著書深闡至理

卷下

老叟講明種藝之言

李明叔精明古罷

賈奭著書僊去

開元藏書七萬卷

明皇識射覆之術

明皇夢姚宋當爲相

太宗沈書滹沱

尹知章夢持巨鑿破其腹

高皇帝宴賞牡丹

魏證善治酒

裴令公訓子

華陽洞小兒化爲龍

韓集樹雞詩蓋用此當時之事

賈宣伯有治三蟲之藥

李林甫毒虐弄正權

張復條山集論世外事

羅池得石刻

劉仲卿隱金華洞

趙昱斬較

宋單父種牡丹

河東先生龍城録目録

東吳韶熏
鵬枝壽梓

河東先生龍城錄卷上

序

柳先生謫居龍城因次所聞於中朝士大夫摭其實者爲録後之及史之闕文者亦庶幾焉

吴嶠精明天文

吴嶠雲溪人也年十三作道士時煬帝元年過鄴中告其令曰中星不守太微主君有嫌而旺氣流萃於秦地子知之乎令不之信至

盤

神堯卽位方知不誣嶠精明天文郎袁天綱之師也

魏證嗜醋芹

魏左相忠言讜論贊襄萬機誠社稷臣有日退朝太宗笑謂侍臣曰此羊鼻公不知遺何物而能動其情侍臣曰魏徵好嗜醋芹每食之欣然稱快此見其眞態也明日召賜食有醋芹三盃公見之欣喜翼然食未竟而芹已盡太宗笑曰卿謂無所好今朕見之矣公拜

謝曰君無爲故無所好臣執作從事獨僻此收斂物太宗黙而感之公退太宗仰晛而三歎之

上帝追攝王遠知易總

上元中台州一道士王遠知善易於觀感間曲盡微妙善知人死生禍福作易總十五卷世祕其本一日因曝書雷雨忽至陰雲騰沓直入臥内雷殷殷然赤電遶室暝霧中一老人下身所衣服但認青翠莫識其制作也遠

知焚香再拜伏地若有所待老人叱起怒曰所泄者書何在上帝命吾攝六丁雷電追取遠知方惶懼據地起旁有六人青衣已捧書立矣老人責曰上方禁文自有飛天保衛玉笈金科祕藏玄都汝是何者輒混藏緗帙據其所得實以告我遠知戰悸對曰青丘元老以臣不泄故傳授焉老人頤頷頃曰上帝敕下汝仙品已及於授度期展二十四年二紀數也遠知拜命次旋風颶起圻帷裂幕時已

二鼓明月在東星斗燦然俱無影響所取將
書乃易總耳遠知志頗自失後閉戶不出經
歲不食人因窺聞中但聞勸酬交歡竟不知
爲誰也光定中召至京玉清觀安泊間或逃
去如此者數次天后封金紫光禄大夫但笑
而不謝一日告殖遺言屍赴東流湍水中天
后不允其語敕葬開明原上後長壽中台州
有人過海阻風飄蕩舩欲斿妄行不知所止
忽見畫舩一葉渺自天末來驚視之乃遠知

符
毣毣虫貝飽
宣法極謂ㄧ
ㄧ之虫如淳
曰雉愿貝師
古曰猴蓄之
也又毛涵曰
毣毛以取羽
毛輕舉之意

也漸相近台人拜而呼之遠知曰君涉險何至於此告台人此洋海之東十萬里也台人問歸計奈何遠知曰借子迅風正西一夕可到登州爲傳語天壇觀張光道士台人既辭去舟回如飛羽但覺風毣毣而過明日至登州方知遠知死久矣訪天壇道士其徒云死兩日矣方驗二人皆仙去

一　武居常有身後名

武居常天后高祖也少時遊洛下人呼爲猴

頰郎以居常頤下有鬚若猿頷也其上有四靨一日伊水上遇一丐者曰郎君當有身後名而骨法當刑然有女當八十年後起家暴貴尋亦浸微居常不信後卒如言丐者豈非異人乎

房元齡爲相無嗣

房元齡來買卜成都日者笑而掩象曰公知名當世爲時賢相奈無嗣相紹何公怒時遺直已三歲在側日者顧指曰此兒此兒絕房

家乎

氏者此也公大悵而還後皆信然也

韓仲卿夢曹子建求序

韓仲卿一日夢一烏幘少年風姿磊落神仙人也拜求仲卿言某有文集在建鄴李氏公當名出一時肯爲我討是文而序之俾我亦陰報爾仲卿諾之去復回曰我曹植子建也仲卿既寤撿鄴中書得子建集分爲十卷異而序之即仲卿作也

趙師雄醉憩梅花下

隋開皇中趙師雄遷羅浮一日天寒日暮在醉醒間因憩僕車於松林間酒肆傍舍見一女人淡粧素服出迓師雄時巳昏黑殘雪對月色微明師雄喜之與之語但覺芳香襲人語言極清麗因與之扣酒家門得數盃相與飲少頃有一緑衣童來笑歌戲舞亦自可觀頃醉寢師雄亦懵然但覺風寒相襲久之時東方巳白師雄起視乃在大梅花樹下上有翠羽啾嘈相顧月落參橫但惆悵而爾

李太白得仙

退之嘗言李太白得仙去元和初有人自北海來見太白與一道士在高山上笑語久之頃道士於碧霧中跨赤虬而去太白聳身健步追及共乘之而東去此亦可駭也

韓退之夢吞丹篆

退之常説少時夢人與丹篆一卷令强吞之傍一人撫掌而笑覺後亦似胷中如物噎經數日方無恙尚由記其上一兩字筆勢非人

後 間 與

間書也後識孟郊似與之目熟思之乃夢中傍笑者信乎相契如此

寧王畫馬化去

寧王善畫馬開元與慶池南華蕚樓下壁上有六馬滚塵圖內明皇最眷愛玉面花騘謂無纖悉不備風鬃霧鬣信偉如也後壁唯有五馬其一者失去信知神妙將變化俱也

含元殿丹石隱語

開元末含元殿火去基下出丹石上有隱語

不可解云天漢二年赤先生栗木下有子傷
心遇酷此亦不能辨也

景州龍見三頭

開元四年景州水中見一龍三頭時虜中大
水後六日有風自龍見處西南來飛屋拔木
半晝瞑

神堯皇帝破龍門賊

神堯皇帝拜河東節度使九月領大使擊龍
門賊毋端兒夜過韓津口時明月方出白露

初澄於小橋下有二人語言明日毋大郎死我輩勤亦不少矣神堯停馬問二人再拜起泣曰某二人漢兵也昨奉東嶽命嶽神管押七千人付龍門助將軍討賊某二人埋骨在此因少憩於此亦自感傷兼欲先知於將軍爾神堯許其言深切詢其姓氏但笑謝言將軍貴人也某僕卒之賤分不當逾言訖蒼惶辭去言大隊至矣倏忽不見頃疾風如過矢風塵蔽天而過神堯默喜之明日破賊發七

閒守

十二矢皆中而復得其矢信知聖王所向至靈亦先爲佐佑焉

明皇夢遊廣寒宫

開元六年上皇與申天師道士鴻都客八月望日夜因天師作術三人同在雲上遊月中過一大門在玉光中飛浮宫殿往來無定寒氣逼人露濡衣袖皆濕頃見一大宫府榜曰廣寒清虚之府其門兵衛甚嚴白刃粲然望之如凝雪時三人皆止其下不得入天師引

上皇起躍身如在煙霧中下視玉城崔巍但
聞清香藹鬱下若萬里琉璃之田其間見有
仙人道士乘雲駕鶴往來若游戲少焉步向
前覺翠色冷光相射目眩極寒不可進下見
有素娥十餘人皆皓衣乘白鸞往來笑舞於
廣陵大桂樹之下又聽樂音嘈雜亦甚清麗
上皇素解音律熟覽而意已傳頃天師亟欲
歸三人下若旋風忽悟若醉中夢迴爾次夜
上皇欲再求往天師但笑謝而不允上皇因

想素娥風中飛舞綃帔編律成音製霓裳羽衣舞曲自古洎今清麗無復加於是矣

任中宣夢水神持鏡

長安任中宣家素畜寶鏡謂之飛精識者謂是三代物後有八字僅可曉然近籀篆云水銀陰精百鍊成鏡詢所得云商山樵者石下得之後中宣南鶩洞庭風浪洶然因泊舟夢一道士赤衣乘龍詣中宣言此鏡乃水府至寶出世有期今當歸我矣中宣因問姓氏但

笑而不答持鏡而去夢廻亟視篋中已失所
在
夜坐談鬼而怪至
君詢嘗夜坐與退之余三人談鬼神變化時
風雪寒甚窗外點點微明若流螢須臾千萬
點不可數度頃入室中或爲圓鏡飛度往來
乍離乍合變爲大聲去而三人雖退之剛直
亦爲之動顔君詢與余但匍匐掩目前席而
已信乎俗諺曰白日無談人談人則害生昏

夜無說鬼說鬼則怪至亦知言也余三人後
皆不利

裴武公夜得鬼詩而化爲燼

開元末裴武公軍夜宿武休帳前見一介胄
者擲一紙書而去武公取視乃四韻詩云屢
策羸驂歷亂峋叢嵐映日晝如曛長橋駕險
浮天漢危棧通岐𨯗岫雲却念淮陰空得計
又嗟忠武不堪聞廢興盡係前生數休衒英
雄勇冠軍武公得詩大不悅紙隨手落爲燼

信知鬼物所製也出師大不利武公射中臆下病月餘薨

房元齡有大譽

房元齡幼稺日王通說其文謂此細眼兒非立忠志則爲亂賊輔帝者則爲儒師綽有大譽矣

閻立本有丹青之譽

閻立本畫宣王吉日圖太宗文皇帝上爲題字時朝中諸公皆議論東都從幸上出示圖

於諸臣稱爲虣絶前世而上忽藏於衣袖笑
謝而退自是立本有丹青之譽
王宏善爲八體書
王宏濟南人太宗幼日同學因問爲八體書
太宗既即極因訪宏而鄉人竟傳隱去是亦
子陵之徒歟
張昶著龍山史記注
沈休文有龍山史記注即張昶著昶後漢末
大儒而世亦不稱譽余少時江南李育之來

訪余求進此文後爲火所焚更不復得豈斯
文天欲祕者耶
龍城無妖邪之怪
柳州舊有鬼名五通余始到不之信一日因
發篋易衣盡爲灰燼余乃爲文醮訴於帝帝
愍我心遂爾龍城絶妖邪之怪而庶士亦得
以寧也
王漸作孝經義
國初有孝子王漸作孝經義成五十卷事亦

該備而漸性鄙朴凡鄉里有鬬訟漸卽詣門高聲誦義一卷反爲漸謝後有病者卽請漸來誦書尋亦得愈其名藹然余時過汴州適會路逢一老人亦談此事頗亦敬其誠也

晉哀帝著書深闡至理

晉哀帝著丹青符經五卷丹臺錄三卷青符子卽神丘先生也深闡至理而近世有胡宗道海上方士亦得其術

河東先生龍城錄卷上

東吳郭雲鵬校書籍

河東先生龍城錄卷下

老叟講明種藝之言

余南遷度高鄉道逢老叟帥年少於路次講明種藝其言深耕概種時耘時耔却牛馬之踐履去螟螣之戕害勤以朝夕滋之糞土而有秋之利蓋富有年矣若夫堯湯之水旱霜雹之不時則在夫天也余感此言將書諸紳贄於治民理生者無所施而不可而又至言也

◎

設字幾誤一
本書字作談
字亦不通

李明叔精明古器

建康李生名照字明叔眞可人書生好古博雅者一日就京師謁余裹飯從游於秦渭之間此人宦意畏巧而淡然蔽於古器凡自戰國洎於蕭梁之間譜所載者十得五六而皆精製奇巧後世莫造然生頗爲文思溢設苦勤求古器心在於文書間亦足以超偉於當代也

賈奭著書僊去

名

賈奭河陽人字師道與余先人同室讀書爲人謹順少調官河南尉才吏也後五十歲棄家隱伊陽小水鄉和樂村鳴皐山中著書二十卷號鳴皐子邇年不知其所終山中人竟言仙去然詭幻莫之信也有子餗字子美亦有才然不違於父風

開元藏書七萬卷

有唐惟開元最備文籍集賢院所藏至七萬卷當時之學士蓋爲褚無量裴煜之鄭譚馬

懷素張說侯行果陸堅康子元輩凡四十七人分司典籍靡有闕文而賊逆遽興兵火交焚兩都灰燼無存惜哉

明皇識射覆之術

上皇始平禍亂在宮所與道士馮存澄因射覆得卦曰合因又得卦曰斬關又得卦曰鑄印乘軒存澄啓謝曰昔此卦三靈爲最善黃帝勝炎帝而筮得之所謂合因斬關鑄印乘軒始當果斷終得嗣天上皇掩其口曰止矣

默識之矣後即位應其術焉
明皇夢姚宋當爲相
上皇初登極夢二龍嘀符自紅霧中來上大
隷姚崇宋璟四字掛之兩大樹上宛延而去
夢迴上召申王圓兆王進曰兩木相也二人
名爲天遣龍致於樹即姚崇宋璟當爲輔相
兆矣上歎異之
太宗沉書於滹沱
太宗文皇帝平王世充於圖籍有交關語言

構怨連結文書數百事太宗命杜如晦掌之如晦復稟上當如何太宗曰付諸曹吏行頃聞於外有大臣將自盡者上乃復取文書背裹一物疑石重上親裹百重命中使沉滹沱中更不復省此與光武焚交謗數千章者何異

尹知章夢持巨鑿破其腹

尹知章字文叔絳州翼城人少時性懵夢一赤衣人持巨鑿破其腹若内草茹於心中痛

甚驚寤自後聰敏爲流輩所尊開元中張説
表諸朝上召見延英上問曹植幽思賦何爲
遠取景物爲句意旨安在知章對以植所謂
賦作不徒然若倚高臺之曲嵎望且重也處
幽僻之閑深位至卑也望翔雲之悠悠嗟朝
霽而夕陰以爲物無止定之意而上多改易
也顧秋華之零落歲將暮也感歲暮而傷心
年將易也觀躍魚於南沼使智者居於明非
得志也聆鳴鶴於北林怨寡和也搦素筆而

慷慨守文而感也揚大雅之哀吟憫其時也
仰清風以歎息思濯煩也寄予思於悲絃志
在古也信有心而在遠措者大也重登高以
臨川及上下也何余心之煩錯寧翰墨之能
傳意不盡也此幽思所以賦也上敬異之擢
禮部侍郎集賢院正字

高皇帝宴賞牡丹

高宗御羣臣賦宴賞雙頭牡丹詩惟上官
昭容一聯爲絶麗所謂勢如連璧友心若臭

蘭人者使夫婉兒稍知義訓亦足爲賢婦人
而稱量天下何足道哉此禍成所以無赦於
死也有文集一百卷行於世

魏證善治酒

魏左相能治酒有名曰醽渌翠濤常以大金
甖內貯盛十年飲不歇其味即世所未有太
宗文皇帝常有詩賜公稱醽渌勝蘭生翠濤
過玉薤千日醉不醒十年味不敗蘭生即漢
武百味旨酒也玉薤煬帝酒名公此酒本學

釀於西胡人豈非得大宛之法司馬遷所謂富人藏萬石蒲萄酒數十歲不敗者乎

裴令公訓子

裴令公常訓其子凡吾輩但可文種無絕然其間有成功能致身爲萬乘之相則天也

華陽洞小兒化爲龍

茅山隱士吳綽素擅潔譽神鳳初因採藥於華陽洞口見一小兒手把大珠三顆其色瑩然戲於松下綽見之因前詢誰氏子兒奔忙

入洞中綽恐爲虎所害遂連呼相從入欲救之行不三十步見兒化作龍形一手握三珠塡左耳中綽素剛膽以藥斧斸之落左耳而三珠已失所在龍亦不見出不十餘步洞門閉矣綽後上皇封素養先生此語賈宣伯説

賈宣伯有治三蠱之藥

賈宣伯有神藥能治三蠱止熱黄蘗以熱酒沃之别無他味一日過松江得巨魚置於水罟中因投小刀圭藥魚引吸中卽死取視則

見八足若爪利焉後吳江有怪土人謂鮫爲害宣伯以數刀圭投潭中明旦老鮫死浮於水而水蟲莫知數皆爲藥死山人此藥云本受之於閤皁山王天師乃仙方耶而涉海者亦或需焉故書之

李林甫以毒虐弄正權

惠州一娼女震厄死於市衢脇下有朱字云李林甫以毒虐弄正權帝命列仙舉三震之疑此女子偃月公後身耶謫而可懼元和元

年六月也

張復條山集論世世外事

張復澧州人飽書性作條山集三十卷論世外事此人兼得神鬼趣隱不仕有文集行於世

羅池石刻

羅池北龍城勝地也役者得白石上微辨刻書云龍城柳神所守驅厲鬼山左首福土氓制九醜余得之不詳其理特欲隱予於斯歟

劉仲卿隱金華洞

賈宣伯愛金華山卽今雙谿别界其北有仙洞俗呼爲劉先生隱身處其內有三十六室廣三十六里石刻上以松炬照之云劉嚴字仲卿漢室射聲校尉當恭顯之際極諫被貶於東陬隱迹於此莫知所終卽道士蕭至玄所記也山口人時得玉篆牌俗傳劉仲卿每至中元日來降洞中州人祈福尋谿口邊得此者當巨富此亦未必爲然然仲卿亦梅子

眞之徒歟

趙昱斬蛟

趙昱字仲明與兄冕俱隱青城山從事道士李珏隋末煬帝知其賢徵召不起督讓益州太守臧賸強起昱至京師煬帝縻以上爵不就獨乞爲蜀太守帝從之拜嘉州太守時犍爲潭中有老蛟爲害日久截沒舟船蜀江人患之昱涖政五月有小吏告昱會使人往青城山置藥渡江溺使者沒舟航七百艘昱大

怒率甲士千人及州屬男子萬人夾江岸鼓噪聲振天地旻乃持刀沒水頃江水盡赤石崖半崩吼聲如雷旻左手執蛟首右手持刀奮波而出州人頂戴事爲神明隋末大亂潛亦隱去不知所終時嘉陵漲溢水勢洶然蜀人思旻頃之見旻青霧中騎白馬從數獵者見於波面揚鞭而過州人爭呼之遂吞怒眉山太守薦章太宗文皇帝賜封神勇大將軍廟食灌江口歲時民疾病禱之無不應上皇

幸蜀加封赤城王又封顯應侯昰蘄蛟時年二十六珏傳仙去亦封佑應保慈先生

宋單父種牡丹

洛人宋單父字仲孺善吟詩亦能種藝術凡牡丹變易千種紅白鬭色人亦不能知其術上皇召至驪山植花萬本色樣各不同賜金千餘兩内人皆呼爲花師亦幻世之絶藝也

河東先生龍城録卷下

東吳郁雲鵬校壽梓

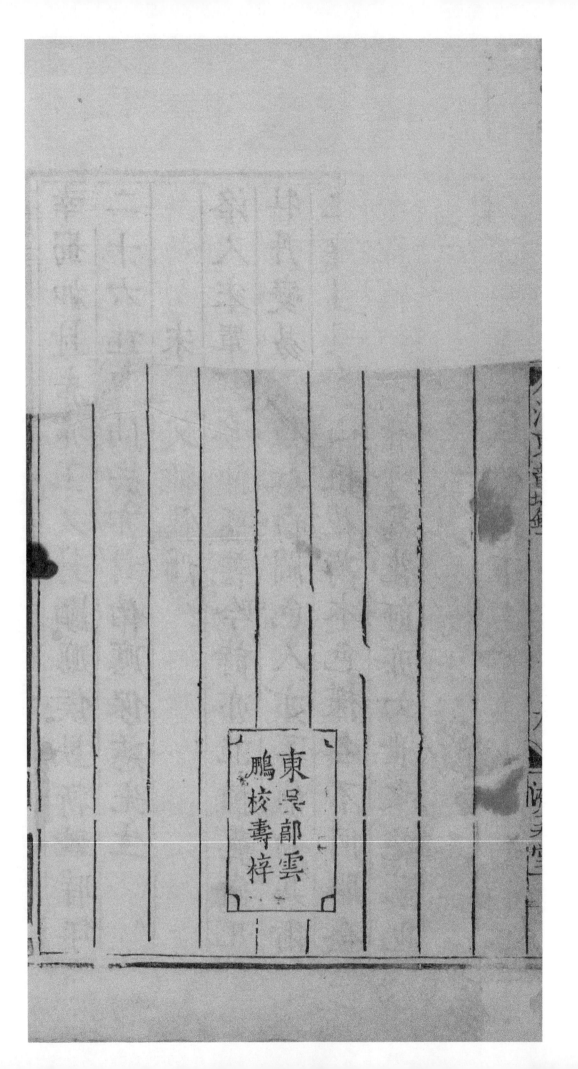

河東集 附錄

共二十

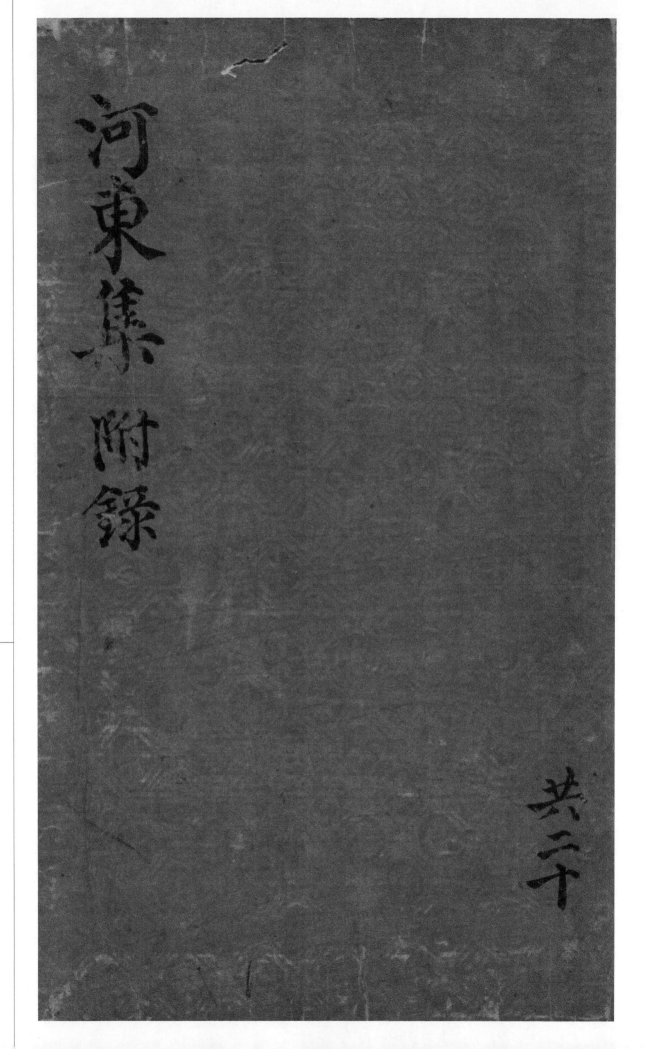

河東先生集附録目録

卷上

卷下

河東先生集附録目録

東吳龍圖
鵬校壽梓

河東先生集附録卷上

勑賜靈文廟額牒

尚書省牒柳州靈文廟

禮部狀准都省批送下廣南西路轉運司奏據柳州申據本州鄉民父老嚴後等狀陳伏覩唐柳州刺史元和年立廟於羅池至今三百來年廟享不絕州境凡有水旱疾疫之災及公私祈禱無不感應乞加封爵或廟額柳州本司保明委是詣實尋符太常寺依條看

詳據太常寺狀勘會唐柳州刺史立廟於羅池係前代名賢轉運及州司保明立廟至今三百來年廟享不絕凡有水旱疾疫祈禱感應自熙寧二年八月已後至去年六月計十餘次祈禱感應伏候　指揮　牒奉　勅宜賜靈文之廟爲額牒至准　勅故牒元祐七年六月三日牒

初封文惠侯告詞

勅文章在冊功德在民昔有其人是爲不朽

生而昭爽後且不亡惠我一方是宜崇顯柳
州靈文廟唐刺史柳公仕于唐室卓有才名
厲志精顓記覽浩博貫穿經史溢爲詞華覽
其遺編灼見志學龍城雖遠不鄙其民爰出
教條動以禮法家富有業經學有師風行俗
成田里恱喜自言將死館我羅池今數百年
英靈猶在祈禳禱祀如響應聲水旱疾憂咸
有歸賴啓封侯爵因民之情尚其知歆永庇
南土可特封文惠侯崇寧三年七月七日中

書舍人臣薛昂行

加封文惠昭靈侯告詞

勑柳州靈文廟文惠侯生傳道學文章百世之師没以神靈福祐一方之庇是有功德於人者其於爵號何愛焉惟神望冠河東名高唐室其才足以命世其政足以裕民出守柳城終享廟食焄蒿之際肹蠁必通屬者春夏之交雨暘愆候禱焉即應歲以是豐故郡人願請諸朝而使者遂上其事朕嘉神乎惠爱

謚褒封尚赫光靈保有常亨可特封文惠昭
靈侯紹興二十八年八月二十六日中書舍
人臣王剛中行

柳先生楊子新注

學行篇

如將復駕其所說則莫若使諸儒金口而
木舌
先生云金口木舌鐸也使諸儒駕孔子之說
如木鐸也

脩身篇

熒蒐曠枯糟莩曠沈

先生云熒明也熒蒐司目之用者也糟當爲精莩如葭莩之莩目精之表也言蒐之熒明曠久則枯精之輕浮曠久則沈不目日月目之用廢矣以至於索塗冥行而巳

擿埴索塗冥行而巳矣

先生云糟當爲精言盲矇之患神光久曠則枯目精久曠則沈於是以杖擿地而求路冥

冥然行矣

孝至篇

勤勞則過於阿衡

先生云阿衡之事不可過也過則反

漢與二百一十載而中天其庶矣乎

先生云楊子極陰陽之數此言知漢祚之方半耳

群公書贊題跋碑記

答柳子厚書　劉賓客

禹錫白雲陵守以函置足下書爰來眉末三幅小章書僅千言申申亹亹茂勉甚悉相思之苦懷膠結贅聚至是泮然以銷所不如晤言者無幾書竟獲新文二篇且戲余曰將子爲巨衡以揣其鈞石銖黍余吟而繹之頷其詞甚約而味大淵然以長氣爲幹文爲支跨躒古今鼓行乘空附離不以鑿枘咀嚼不有文字端而曼苦而腴佶然以生癯然以清余之衡誠懸于心其揣也如是子之戲余果何

如哉夫矢發乎羿彀而中微存乎他人子無曰必我之師而能我衛荀然則譽羿者皆羿也可乎索居三歲俚言蕪而不治臨書軋軋不具禹錫白

又與柳子厚書

間發書得箏郭師墓志一篇以爲其工獨得於天姿使木聲絲聲均其所自出抑折愉繹學者無能知繁休伯之言薛訪車子不能曲盡如此能令鄙夫冲然南望如聞善音如見

其師尋文窹事神鶩心得倘佯伊鬱久而不能平嗟夫郭師與不可傳者死矣弦張柱差楚宜反楞然貌存中有至音含糊弗聞噫人亡而罷存布方冊者是巳余之伊鬱也豈獨爲號師發邪想足下因僕書重有槩耳不宣禹錫白

又謝柳子厚寄疊石硯

常時同硯席寄此感離羣清越敲寒玉參差疊碧雲煙嵐餘斐亹水墨兩氛氳好與陶貞

白松窻寫紫文

題羅池廟碑陰文　田錫

柳子厚終於柳州以精多魄強爲羅池之神昌黎韓退之叙其事而銘之于碑矣其有遺意錫幸得而紀焉古人或有其言而無其行或有其質而無其文故周勃持重而詞則寡焉子夏美才而行或缺焉猶能安漢皇之祚游仲尼之門惟公之文緯地經天惟公之行希聖齊賢彬彬然若黼黻之華衮鏘鏘然若

咸韶之在懸古人或有其才而無其時必避
害以巽令人以隨顏子之賢當周德之衰微
孟軻之仁值王道之陵遲亦能服膺於聖人
之道偃蹇爲覇者之師惟公策名於貞元之
間通籍於元和之時闊步高視飛聲流輝謂佐
王之才得以施謂當朝大臣不我遺古人或
雖得其時而無知已設有知已一人而已故
國僑出涕以子皮之死夷吾之慟以鮑君亡
矣唯公有劉公禹錫之交有韓侯退之在朝

有呂衡州以倜儻與公爲游處有皇甫湜以
文章與公相遊遨而公位不過爲南宫外郎
命不過爲柳州之牧以謫而出至死不服如
明堂之材朽於谿谷如千里之馬軛於輦轂
時耶命耶以是知爲仁者未必獲祐修德者
或虧多福予聞四瀆視諸侯五嶽視三公爲
靈神甚貴在祀典尤崇所職者以明以晦所
主者爲雷爲風助天以揔萬靈助國以濟三
農所以籩豆有加蘋蘩用豐其既爵也有衮

冕劒舄其用樂也有簫笳笙鏞安得公之生
也惠惟及於一州公之亡也神猶介於遐陬
唯裔夷感慕而靈祠潔脩迓神之威有荃橈
兮桂舟饋神之奠有椒漿兮蘭羞無金策追
封之贈無衮衣加寵之優使公與沈湘之魂
爲偶而配濤之神作儔以公之齊聖廣淵聰
明正直宏深之量昭明之識而不爲星爲辰
斡運陰陽拱於北辰不爲嶽爲瀆含吐風雲
康於黎民胡爲在郴州之陋爲羅池之神是

知天命難諶兮命靡常因紀爲碑陰之文

題萬石亭詩 寄永守王顧　歐陽公

天於生子厚禀予獨艱哉超凌驟拔擢過盛輙傷摧苦其危慮心嘗使名聲哀投以空曠

地縱横放天才山窮與水險上下極泓洄故其於文章出語多崔嵬人迹所罕到遺蹤久荒頹王君好奇士後二百年來翦薙發幽薈搜尋得瓊瑰感物不自貴因人乃爲材惟知古可慕豈免今所咍我亦奇子厚開編每徘徊作詩示同好爲我銘山隈

又集古録羅池廟碑跋

右羅池廟碑尚書吏部侍郎韓愈撰中書舍人史館修撰沈傳師書碑後題云長慶元年

正月建按穆宗實錄長慶二年二月傳師自
尚書兵部郎中翰林學士罷爲中書舍人史
館修撰其九月愈自兵部侍郎遷吏部然則
據建碑時愈未爲吏部沈亦未爲舍人碑言
柳侯死後三年廟成明年愈爲柳人書羅池
事子厚以元和十四年卒至後三年愈作碑
時當是長慶三年則二君官當與此碑同其
書元年正月蓋傳摹者誤刻之爾今世傳昌
黎先生載此文與碑多同惟集本云涉有新

船而碑以涉爲歩荔子丹兮蕉子黄碑蕉下無子字當以碑爲是而碑云春與猿吟而秋鶴與飛則疑碑之誤也

又般舟和尚碑跋

右柳子厚撰幷書子厚所書碑世頗多有書既非工而字畫多不同疑喜子厚者竊借其名以爲重子厚與退之皆以文章知名一時而後世稱爲韓柳者蓋流俗之相傳也其爲道不同猶夷夏也然退之於文章毎極稱子

王伾開州
王叔文渝州
韋執誼崖州
韓泰虔州
韓曄饒州
柳宗元永州
劉禹錫朗州
陳諫台州
凌準連州
程异郴州

厚者豈以其名並顯於世不欲有貶毀以避爭名之嫌而其爲道不同雖不言顧後世當自知歟不然退之以力排釋老爲已任於子厚不得無言也

讀柳子厚傳　王荊公

余觀八司馬皆天下之奇材也一爲叔文所誘遂陷於不義至今士大夫欲爲君子者皆羞道而喜攻之然此八人者既困矣無所用於世往往能自強以求列於後世而其名卒

不廢焉而所謂欲爲君子者吾多見其初而已要其終能毋與世俯仰以自别於小人者少耳復何議於彼哉

又金陵語録評論

柳開不及柳子厚睦修亦常儒耳張景道勝柳開如太元準易論好餘文論亦多好

東吳郭雲鵬校壽梓

河東先生集附録卷上

河東先生集附録卷下

評柳子厚詩　蘇東坡

詩須要有爲而後作當以故爲新以俗爲稚好奇而新乃詩之病柳子厚晚年詩極似陶淵明知詩病也

又論柳子厚詩

柳子厚詩在陶淵明下韋蘇州上退之豪放奇險則過之而温麗靖深不及也所貴於枯淡者謂其外枯而中膏似淡而實美淵明子

厚之流是也若中邊皆枯淡亦何足道佛云吾言如食蜜中邊皆甜人食五味知其甘苦皆是能分别其中邊者百無一也

又記書柳子厚詩

元符己卯閏九月瓊士姜君來儋耳日與予相從庚辰三月乃歸無以贈行書柳子厚飲酒讀書二詩以見别意子歸吾無以遺日獨此二事日相與往還耳二十一日書

又書柳文瓶賦後

漢黃門郎楊雄作酒箴以諷諫成帝其文爲酒客難法度士譬之於物曰子猶瓶矣觀瓶之居居井之眉眉井邊也若人目上之有眉處高臨深動常近危酒醪不入口臧水滿懷不得左右牽於纆徽一旦叀上絹反礙爲瓽丁浪反所轠音雷身提徒計反黃泉骨肉爲泥纆徽井索也叀懸也瓽井以甎爲甃者也轠擊也言瓶所懸礙不得下而爲井瓽所擊則破碎也提擲入也自用如此不如鴟夷鴟夷韋囊以盛酒即今鴟夷滕也鴟夷滑稽腹如大壺盡日盛酒人復借酤常爲國器託於屬

車出入兩宮經營公家繇是言之酒何過乎見前漢陳遵傳遵字孟公耆酒大喜之或曰柳子厚瓶賦拾酒箴而作非也子雲本以諷諫設問以見意耳當復有答酒客語而陳孟公不取故史略之子厚蓋補亡耳然子雲論屈原伍子胥鼂錯之流皆以不智譏之而子厚以瓶爲智幾於信道知命者子雲不及也子雲臨憂患顛倒失據當有媿於斯文也耶

書柳子厚牛賦後

嶺外俗皆恬殺牛海南爲甚客至高化載牛渡海百尾一舟遇風不順渴饑相倚以死者無數牛在舟哀鳴出涕既至海南耕者與屠者常相半病不飲藥但殺牛以禱富者至殺十餘牛死者亦不減幸而不死即歸德於牛以巫爲醫以牛爲藥間有飲藥者巫輒云神怒病不可治親戚皆爲却藥禁醫不得入門人牛皆死而後已地產沉水香必以牛易之黎人得牛皆以祭鬼無脫者中國人以沉水

香供佛燎帝求福此皆燒牛肉也何福之能
得哀哉余莫之能救故書柳子厚牛賦以遺
瓊州僧道贇使以曉喻其鄉人之有知者庶
幾少哀乎

又書李赤詩後

過姑熟堂下讀李白十詠疑其語淺陋不類
太白邈云聞之王安國此李赤詩秘閣下有
赤集此詩在焉白集中無此赤見柳子厚集
自此李白故名赤卒爲厠鬼所惑而死今觀

此詩止如此此而以比太白則其人心疾已久非特厠鬼之罪也

又書黄子思詩集後

余嘗評書以謂鍾王之迹蕭散簡遠妙在筆畫之外至唐顔柳始集古今筆法而發之極書之變天下翕然以爲宗師而鍾王之法益微至於詩亦然蘇李之天成曹劉之自得陶謝之超然固已至矣而杜子美李太白以英偉絶世之資凌跨百代古之詩人盡廢然魏

晉以來高風絕塵亦少衰矣李杜之後詩人繼出雖有遠韻而才不逮意獨韋應物柳子厚發纖濃於簡古寄至味於淡泊非餘子所及也

又跋大鑒禪師碑

釋迦以文教其譯于中國必託於儒之能言者然後傳遠故大乘諸經至楞嚴則委曲精盡勝妙獨出者以房融筆授故也柳子厚南遷始究佛法作曹溪南嶽諸碑妙絕古今而

南華今無刻石者長老重辨師儒釋兼通道
學純備以謂自唐至今頌述祖師者多矣未
有通亮簡正如子厚者蓋推本其言與孟軻
氏合其可不使學者日見而常誦之乃具石
請余書其文唐史元和中馬摠自虔州刺史
遷安南都護徙桂管經略觀察使入爲刑部
侍郎今以碑考之蓋自安南遷南海非桂管
也韓退之祭馬公文亦云自交州抗節番禺
曹溪謚號固非桂管所當請以是知唐史之

誤當以碑爲正

又引說先友記

昔柳子厚記其先友六十七人於其墓碑之陰考之於傳卓然知名者蓋二十人子厚曰先君之所友天下之善士舉集焉

袁高恕己子唐傳第四十五卷　姜公輔七十七

齊映七十五　嚴郢七十

穆贊寧子八十八弟質　裴樞六十五

杜黃裳九十四　楊憑弟凝八十五

李鄘七十一　梁肅一百二十七　文藝傳中

韓愈一百一　許孟容八十七

袁滋七十六　盧羣七十二

鄭餘慶九十　奚陟八十九

盧景亮八十九　楊於陵八十八

高郢九十　柳登五十七　芳子　弟冕

又讀柳子厚三戒

予讀柳子厚三戒而愛之又嘗悼世之人有妄怒以招悔欲蓋而彰者游吳得二事於水

濵之人亦似之作二說非有意乎續子厚者
也亦聊以自警

河豚魚說

河之魚有豚其名者游於橋間而觸其柱不
知遠去怒其柱之觸已也則張頬植鬣怒腹
而浮於水久之莫動飛鳶過而攫之磔其腹
而食之好游而不知止因游而觸物不知罪
已妄肆其忿至於磔腹而死可悲也夫

烏賊魚說

海之魚有烏賊其名者呴水而水烏戲于岸間懼物之窺已也則呴水以自蔽海烏視之而疑知其魚而攫之嗚呼徒知自蔽以求全不知滅迹以杜疑爲窺者之所窺哀哉

又跋晁無咎畫馬

晁無咎所藏野馬八出没山谷間意象慘淡如柳子厚所云風鬃霧鬣千里相角然筆法稍疎當是有遠韻人而不甚工者元祐三年宋遐叔張文潛同觀

書柳子厚詩贈王觀復　黄山谷

余友王觀復作詩有古人態度雖氣格已超俗但未能從容中玉佩之音左準繩右規矩爾意者讀書未破萬卷觀古人文章未能盡得其規模時所揔攬籠絡但知玩其火龍黼黻成章後耶故手書柳子厚詩數篇遺之欲知柳子厚如此學陶淵明乃爲能近之耳如白樂天自云效淵明數十篇終不近也

又跋陰符經後

陰符經出於唐李筌熟讀其文知非黃帝書也蓋欲其文奇古反詭譎不經蓋糅雜兵家語作此言又妄託子房孔明諸贒訓註尤可笑惜不經柳子厚一掊擊也

發明周御史論　張唐英

柳子厚作御史周君碣曰有唐正臣周某字某以諫死葬于其所云天寳中有諂諛至相位贒臣放逐公爲御史抗言以白其事得死于墀下然不言周君名字及諂諛爲相者誰

及賢臣放逐者何人今以唐史質之周君必子諒也諂諛必牛仙客也賢臣必張九齡也林甫薦仙客爲宰相九齡言其不可上不悅罷九齡相位時子諒爲御史白於大夫李適之曰仙客不才濫登相位公何得坐觀其事適之遽奏之上怒決配子諒於瀼州至藍田賜死以九齡所薦子諒非其人左遷荆州都督嗟乎九齡以子諒能抗言朝廷之失是不負其職而九齡爲能知人爾而明皇悅邪佞

之臣反以九齡所薦非其人而逐之如此則後之大臣薦臺諫官者當薦依阿取容喑喑如秋蟬泛泛如浮萍則無患矣何以爲朝廷之耳目哉夫植木而欲其茂也必時溉之溉而惡大反自伐之必衰之理也明皇之惡子諒乃自求衰之謂乎西幸之禍有所召爾

古今詩話

劉夢得曰柳八駿韓十八平淮西碑云左飡右粥何如我平淮雅云仰父俯子柳云韓碑

兼有帽子使我爲之便說用兵伐叛矣劉曰韓碑柳雅各有所長予爲詩云城中晨雞喔喔鳴城頭鼓角聲和平美李愬入蔡賊無覺者落句云始知元和十二載四海重見昇平時言十二載以見平淮西之年

柳州柳太守種柳柳江邊柳館依然在千株柳拂天後南中丞至黔南人嘲之曰黔南南太守南郡在雲南閒向南亭畔南風變俗談

歸叟詩話

鄭谷雪詩云江上晚來堪畫處漁人披得一簑歸此村學堂中語也如柳子厚千山鳥飛絶萬徑人蹤滅孤舟簑笠翁獨釣寒江雪此信有格也哉作詩者當以此爲標準

冷齋夜話

柳子厚詩曰漁翁夜傍西巖宿曉汲清湘然楚竹煙消日出不見人欸乃一聲山水緑回看天際下中流巖上無心雲相逐東坡評詩云以奇趣爲宗反常合道爲趣熟味之此詩

有奇趣其尾兩句雖不必亦可欵乃三老相呼聲也

石林詩話

東方朔作答客難雖楊子雲亦因之作解嘲此由是太元法言之意正子雲所見也故班固從而作答賓戲東京以後諸公釋譏應譴紛然迭起枚乘始作七發其後遂有七啓七攄等後世始集之爲七林文章至此安得不衰乎惟韓退之柳子厚始復傑然知屋下架

屋之病如進學解即答客難也送窮文即逐貧賦也小有出入便成古作者之意古今文章變態已極雖源流不免有所從來終不肯屋下架屋子厚晋問天對之類高出魏晉無後世因緣卑陋之氣至於諸賦更不蹈襲屈宋一句則二人皆在嚴忌王褒上數等也

蔡天啓云嘗與張文潛論韓柳五字警句文潛舉退之暖風抽宿麥晴雨卷歸旗子厚壁空殘月曙門掩候蟲秋皆爲集中第一

重修羅池廟記

唐元和十年州刺史柳侯至以聖人所常行之道善其民四年不幸而平時浹人胷中者已深人將釋之而不得追其嘗與部將魏忠輩驛亭酒閒語乃祠于羅池自歐陽翼之夢李儀之死人尤神之以憂患乞憐者每每獲報如所庶幾三百餘年英靈猶存 皇朝元祐五年賜額曰靈文廟崇寧三年賜爵曰文惠侯從斯民之欲也廟閱日深仰見星斗蝕

封蠹蝕幾莫能支而承糟踐邊袂猶相屬所
謂施利錢者歲不知幾何率以十萬爲公帑
用餘則廟得之以備營繕然一歲之間給公
而外所存無幾雖欲改作將焉能爲郴陵朱
公以政和二年十一月視守事三日具禮謁
欵見其所託大不足以稱侯四顧躊躇隱然
于中者久之退而考其故事得廟利歲時移
用之狀語諸僚佐曰侯生死皆有功德於斯
民而祠宇敝陋如此吾曹當思有以崇大之

柰何牟其利以事封靡乎侯無譏寧獨不愧於吾心燕衎可寢也豆觴可裁也土木之役上求則費公下歛則耗衆曷若歸其利於廟纖毫籍之久自可舉咸曰然未幾籍以羨告州監兵陳莘者開斂有幹局俾掌其事購材募能取足於籍堂室門序卑高如儀煥然一新觀者嗟異又撫其餘材構亭于羅池之北因以名之亭與廟異區而同名者不特謂江山之勝作也嗚呼洞酌可以祀皇天噫嘻可

以祈上帝未有誠而不能動者也心者靈之府而誠出於其中神人殊方靈未始異以其出於未始異者合之於冥冥之間神能違之乎世俗應仕情隨泰遷燕衎自娛豆觴自奉凡可以適己者無所不為公則不爾惟崇大於侯是思卒使侯祠既壯而麗則其誠可謂至矣千里而郡非獨其守任民之責神與有焉年無饑饉氣無乖厲此民之所望於神者民之所望公之所祈也致其誠於神以祈民

福公豈可與世俗者同日而語哉政和三年
十月望日承事郎通判融州軍州事丘崇記

柳文序　　嚴有翼

唐之文章無慮三變武德以來沿江左餘風
則以絺章繪句爲尚開元好經術則以崇雅
黜浮爲工至於法度森嚴抵轢晉魏上軋周
漢渾然爲一王法者獨推大曆正元間是時
雖曰美才輩出其能以六經之文爲諸儒倡
者不過韓退之而止耳柳子厚而止耳退之

之文史臣謂其與孟軻楊雄相表裏故後之學者不復敢置議論子厚不幸其進於朝適當王叔文用事之時叔文工言治道順宗在東宮頗信重之迨其踐祚方欲有所施爲然與文珎韋皐等相忤內外讒譖交口詆誣一時在朝例遭竄逐而八司馬之號紛然出矣作史者不復審訂其是非第以一時成敗論人故黨人之名不可湔洗嗚呼子厚亦可謂重不幸矣尚賴本朝文正范公之推明之也

曰劉禹錫柳宗元呂温坐王叔文黨貶廢不用覽數君子之述作禮意精密涉道非淺如叔文狂甚義必不交叔文以藝進東宮人望素輕然傳稱知書好論理道爲太子所信順宗即位遂見用引禹錫等決事禁中及議罷中人兵權牾俱文珎輩又絕韋臯私請欲斬之劉闢其意非忠乎臯銜之會順宗病篤臯揣太子意請監國而誅叔文憲宗納臯之誅而行内禪故當朝左右謂之黨人者豈復見

雪唐書蕪駁因其成敗而書之無所裁正孟子曰盡信書不如無書吾聞夫子褒貶不以一毫而廢人之業也嗚呼如文公之論人可謂明且恕矣死者有知子厚豈不伸眉於地下余嘗嗜子厚之文苦其難讀既稽之史傳以校其譌繆又攷之字書以證其音釋編成一帙名曰柳文切正雖懸金於市曾無呂氏之精然置筆于藩姑效左思之篤後之君子無或誚焉紹興三十二年歲次壬午春三月

十一日建安嚴有翼序

韓柳音釋序　張敦頤

唐初文章尚有江左餘習至元和間始粹然返於正者韓柳之力也兩家之文所傳寖久舛剥殆甚韓文屢經校正往往鑿以私意多失其眞余前任邵武教官日嘗爲讎勘頗備悉幷考正音釋刻於正文之下惟柳文簡古不易校其用字與僻或難曉給事沈公晦嘗用穆伯長劉夢得曾丞相晏元獻四家本參

◎

考互證凡漫乙是正二千餘處往往所至稱善今四明所刊四十五卷者是也惟音釋未有傳焉余再分教延平用此本篇次撰集凡二千五百餘字其有不用本音而假借他音者悉原其來處或不知來處而諸韻玉篇說文類篇亦所不載者則闕之尚慮膚淺弗辨南北語音之訛其間不無謬誤賴同志者正之紹興丙子十月新安張敦頤書

柳文後跋

錢重

重讀柳文至吏商篇首句曰吏而商也汚吏之爲商不如廉吏之商其爲吏也愽常疑其造端無含蓄必有脫句後得善本乃云吏非商也吏而商汚吏之爲商不如廉吏之商其爲利也愽於是欣然笑曰此子厚之所以爲文也且使子厚不首言吏非商也四字則不足以見此文之作出於不得已欲誘爲利而仕者之意故古文或有脫字及訛舛處能使一篇文意不貫精神索然者信矣子厚居愚

溪幾十年間中捨尋遊山水外往往沈酣於文字中故其文至永尤高妙爲後世學士大夫所宗師重目昧分教此邦意爲柳文必有佳本及取觀之脫繆訛誤特甚而又墨板歲久漫滅太半今使君趙公天族英傑平生酷好古文所謂落筆妙天下者也一日命重爲之是正且俾盡易其板之朽弊者然重吳興人世來永幾五十程柳文善本在鄉中士夫家頗多而永反難得所可校勘者止得三兩

本他無從得之其所是正豈無遺恨尚賴後之君子博求而精校之庶子厚妙思寓於一字一句中者悉呈露爲益不淺矣紹熙辛亥仲秋一日迪功郎永州州學教授錢重謹書

仝前　　趙善愖

前輩謂子厚在中朝時所爲文尚有六朝規矩至永州始以三代爲師下筆高妙直一日千里退之亦云居閑益自刻苦務記覽爲詞章而子厚自謂貶官來無事乃得馳騁文章

此殆子厚天資素高學力超詣又有佳山水爲之助相與感發而至然耶子厚居永最久作文最多遺言措意最古衡湘以南士之經師承講畫爲文詞者悉有法度可觀意其故家遺俗得之親授本必精良與它所殊及到官首取閱之乃大不然訛脫特甚推原其故豈非以子厚嘗居是邦姑刻是集傳疑承誤初弗精校歟抑永之士子當時傳寫藏去久而廢散不復可考歟因委廣文錢君多求善

本訂正且併易其漫滅者視舊善矣雖然安知不猶有舛而未眞遺而未盡者乎後之君子好古慱雅當有以是正盡善云紹凞二年八月旦零陵郡守郇國趙善憪跋

河東先生集附録下

東吳郭雲鵬校壽梓

河東先生集傳目録

河東先生集傳目録

東吳龍雲

鵬枝壽梓

河東先生集傳

唐書本傳　　　宋景文公

柳宗元字子厚其先蓋河東人從曾祖奭爲中書令得罪武后死高宗時父鎮天寶末遇亂奉毋隱王屋山常間行求養後徙於吳肅宗平賊鎮上書言事擢左衛率府兵曹參軍佐郭子儀朔方府三遷殿中侍御史以事觸竇參貶夔州司馬還終侍御史宗元少精敏絕倫爲文章卓偉精緻一時輩行推仰行胡浪切

第進士博學宏詞科授校書郎調藍田尉貞元十九年爲監察御史裏行善王叔文韋執誼二人者奇其才及得政引內禁近與計事擢禮部員外郎欲大進用俄而叔文敗貶邵州刺史不半道貶永州司馬既竄斥地又荒癘因自放山澤間其堙厄感鬱一寓諸文倣離騷數十篇讀者咸悲惻雅善蕭俛詒書言情又詒京兆尹許孟容然衆畏其才高懲刈復進（刈與艾同）故無用力者宗元久汨振其爲文

思益深嘗著書一篇號貞符宗元不得召内閔悼悔念往吝作賦自儆曰懲咎元和十年徙柳州刺史時劉禹錫得播州宗元曰播非人所居而禹錫親在堂吾不忍其窮無辭以白其大人如不往便爲母子永訣即具奏欲以柳州授禹錫而自往播會大臣亦爲禹錫請因改連州柳人以男女質錢過期不贖子本均則沒爲奴婢宗元設方計悉贖之尤貧者令書庸視直足相當還其質已沒者具已

錢助贖南方爲進士者走數千里從宗元游經指授者爲文辭皆有法世號柳柳州十四年卒年四十七宗元少時嗜進謂功業可就既坐廢遂不振然其才實高名蓋一時韓愈評其文曰雄深雅健似司馬子長崔蔡不足多也（司馬遷崔駰蔡邕）既没柳人懷之託言降柳州之堂人有慢者輒死廟於羅池愈因碑以實之云

昔昌黎韓退之作公墓誌洎奠公而有祭文宜録之以重公者特緣韓柳二集

並行當世故
不復載云

祭柳柳州文　皇甫湜

嗚呼柳州秀氣孤禀弱冠游學聲華籍甚肆意文章秋濤瑞錦吹廻蠡瀣王風凛凛

祭柳員外文　劉禹錫

維元和十五年歲次庚子正月戊戌朔日孤子劉禹錫銜哀扶力謹遣所使黄孟萇具清酌庶羞之奠敬祭于亡友柳君之靈嗚呼子厚我有一言君其聞否惟君平昔聰明絶人

今雖化去夫豈無物意君所死乃形質耳魂氣何託聽余哀詞嗚呼痛哉嗟余不天甫遭閔凶未離所部三使來弔憂我衰病諭以苦言情深禮至款密重複期以中路更申願言途次衡陽云有柳使謂復前約忽承計書驚號大叫如得狂病良久問故百哀攻中涕洟迸落魂魄震越伸紙窮竟得君遺書絕絃之音悽愴徹骨初託遺嗣知其不孤末言歸輤（輤音茜 載柩車）從祔先域凡此數事職在吾徒永言

素交索居多遠鄂渚差近表臣分深想其聞計必勇於義已命所使持書徑行友道尚終當必加厚退之成命敗牧宜陽亦馳一函候於便道勒石垂後屬于伊人安平宣英（韓泰字安平韓曅字宣英）會有還使悉已如禮形於具書嗚呼子厚此是何事朋友凋落從古所悲不圖此言乃爲君發自君失意沉伏遠郡近遇國士方伸眉頭亦見遺草恭辭舊府志氣相感必踰常倫顧余負釁營奉方重猶冀前路望君

銘旌古之達人朋友製服今有所厭其禮莫申朝晡臨後出就别次南望桂水哭我故人孰云宿草此慟何極（禮記云朋友之墓有宿草則不哭）嗚呼子厚卿眞死矣終我此生無相見矣何人不達使君終否何人不老使君夭死皇天后土胡寧忍此知悲無益奈恨無已君之不聞余心不理含酸執筆輟復中止誓使周六（子厚之子）同於已子魂兮來思知我深旨嗚呼哀哉尚饗

重祭柳員外文

劉禹錫

嗚呼自君之沒行已八月每一念至忽忽猶疑今以喪來使我臨哭安知世上真有此事既不可贖翻哀獨生嗚呼出人之才竟無施爲炯炯之氣戢于一木形與人等今既如斯識與人殊今復何託生有高名沒爲衆悲異服同志異音同歎唯我之哭非弔非傷來與君言不言成哭千哀萬恨寄以一聲唯識真者乃相知耳庶幾儻聞君儻聞乎嗚呼痛哉

君有遺美，其事多便桂林舊府感激生持俾
君内弟得以義勝平昔所念今則無違旅魂
克歸崔生實主幼穉甬上故人撫之敦詩退
之各展其分（崔羣字敦詩 韓愈字退之）安平來賵禮成而
歸其它赴告咸復于素一以誠告君儻聞乎
嗚呼痛哉君爲巳矣余爲苟生何以言別長
號數聲冀乎異日庶我哀誠嗚呼痛哉尚饗

爲鄂州李大夫祭柳員外文　禹錫

嗚呼至人以在生爲傳舍（傳音轉驛也）以軒冕爲

儻來達於理者未嘗慼此昔余與君諭之詳熟孔子四科罕能相備惟公特立秀出幾於全器才之何豐運之何否大川未濟乃失巨艦長途始半而喪良驥搢紳之倫孰不墮淚昔者與君交臂相傳一言一笑未始有極馳聲日下驚名天衢射策差池高科齊驅攜手書殿分曹藍曲心志諧同追歡相續或秋月銜觴或春日馳轂甸服載朞同升憲府察視之列斯焉接武君遷外郎予侍內闈出處雖

間音塵不虧勢變時移遭離多故中復賜環上京良遇曾不踰月君又即路遠持郡符柳水之壖居陋行道疲人歌焉予來夏口忽復三年離索則久音既屢傳箴盈草隸架滿文篇鍾索繼美班楊差肩鍾隸索靖善書 班固楊雄善文賈誼賦鵩屈原問天自古有死奚論後先痛君未老美志莫宣邅回世路奄忽下泉嗚呼哀哉令妻蚤謝稱子四歲天喪斯文而君永逝嗣嗣冊旐來自遐裔聞君旅櫬既及岳陽出門

一慟貫裂衷腸執紼禮乖出疆路阻故人莫觴莫克親轝馳神假夢冀獲晤語平生密懷願君遺吐遺孤之才與不才敢同巳子之相許嗚呼哀哉尚饗

祭柳侯文　　曹輔

維紹聖二年歲次乙亥十有一月癸巳朔十二日甲辰朝奉郎權提點廣南西路刑獄公事兼本路勸農提舉河渠公事飛騎尉借紫曹輔謹以清酌時羞之奠敬祭于柳侯子厚

靈文之祀惟三元之默運兮初渾淪而絪縕惟萬生之並騖兮悉坯陶乎一鈞物有大小之不齊兮人亦智愚之莫倫何夫子之毓質兮獨爽邁秀發而不羣其學也囊括今古而該百氏兮或參之駮雜而取之粹純若大田之稼斂兮莫知其千倉與萬囷其文也若秋濤之鼓雷風兮洶湧澎湃而無垠若入駿之騁通衢兮王良執策而造父挾輪老韓駁汗以縮手兮翺湜喪氣而噤脣韓愈李翺皇甫湜夫何

天命之不畀兮亶遇蹇而罹屯三湘一斥之十年兮悵遠符之再分意冥冥以卽夜兮志鬱鬱而不伸彼高爵厚祿以夸耀於一時之人兮皆泯没而無聞惟夫子之名不可以旣兮愈遠而彌新柳江演漾以清泚兮鵝山奇秀而嶙峋惟夫子血食於此千祀兮民至今而懷仁余幼服夫子之遺言兮不足以追逸軌而襲游塵刺嶺嶠之荒服兮吊蒼梧之愁雲奠桂酒之旨潔兮薦蘭肴之苾芬物雖至

薄兮吾誠甚勤鳴虖其來享兮靈文尚饗

祭柳侯文

黄翰

世傳不朽文學辭章惟公之文駕韓（韓愈）蹴張（張籍）雄深雅健實比子長（司馬遷字子長）民思無斁政事循良惟公之政祖龔述黄（龔遂黄霸）深仁遺愛實比甘棠孔門四科達者升堂公兼得之光于有唐天才俊偉議論慨慷交口薦譽名聲益彰要路立登臺省翱翔擢列御史拜尚書郎時將大用器博難量譬如八駿奔逸康莊

追風掣電萬里騰驤亦如利罷鏌鋣干將直視無前其鋒孰當不慎交友玷于韋王（韋執誼王叔文）羣飛刺天讒口如簧一斥不復困于三湘譬如鸞鳳不巢高岡棲之枳棘六翮摧傷亦如巧匠睥睨觀旁縮手袖間善刀以藏一麾出守惠此南方龍城雖遠（龍城柳州也）奸敢怠荒動以禮法率由典常公無負租私有積倉居處有屋濟川有航黃柑綠柳至今滿鄉修夫子廟次治城隍農歌于野士歌于庠孝弟怡

怡弦誦洋洋生能澤民死且不亡春秋享祀旱潦祈禳四百餘年血食不忘翰幼學公文久服餘芳遺風善政凛若氷霜日想英靈如在其傍桂酒清旨肴蔬雜香拜獻蕪詞公其來饗

祭柳侯文　許尹

惟先生德厚而位不稱仁深而年不長歛此大惠施于一方終焉廟食如古桐鄉前漢循吏朱邑死屬其子曰我故桐鄉吏其民愛我必葬桐鄉桐鄉民立祠祀祭至今不絕雖去

此幾於千祀而至今猶有耿光尹以不才嗣守封疆顧取法於何有賴先生之循良莅事之始奠酒一觴神兮歸來鑒玆不忘

永州柳先生祠堂記　汪藻

先生以永貞元年冬自尚書郎出爲邵州刺史道貶永州司馬至元和九年十二月詔追赴都復出爲柳州刺史蓋先生居零陵者十年至今言先生者必曰零陵言零陵者亦必曰先生零陵去長安四千餘里極南窮陋之

區也而先生辱居之零陵徒以先生居之之故遂名聞天下先生謂之不幸可也而零陵獨非幸歟先生始居龍興寺西序之下間坐法華西亭見西山愛之命僕夫過瀟水翦薙榛蕪（薙他計切，芟草也）搜奇選勝自放於山水之間入冉溪二三里得其尤絕者家焉因結茅樹蔬爲沼沚爲臺榭目曰愚溪而刻八愚詩於谿石之上其謂之鈷鉧潭西小丘小石潭者循愚谿而出也其謂之南澗朝陽巖袁家渴音褐蕪江百家瀨者泝瀟水而上也皆在愚谿數里間爲先生杖屨徜徉之地唯黃谿爲最遠去郡城七十餘里游者未嘗到豈先生好奇如謝安樂伐木開徑窮山水之趣而亦游之不數耶數所角切紹興十四年予來零陵距先生三百餘年求先生遺跡如愚谿鈷鉧潭南澗朝陽巖之類皆在獨龍興寺幷先生故居曰愚堂愚亭者已湮蕪不可復識八愚詩石亦訪之無有黃谿則爲峒獠侵耕磴危徑塞

無自而入郡人指高山寺曰此法華寺故處而龍興者今太平寺西瞰大江者是也其果然歟周衰言文章之盛者莫如漢唐賈誼馳騁於孝文之初時漢興纔三十餘年耳其談治道述騷辭已追還三代之風如此自是踵相躡有之末而至於劉向楊雄益精深不可及去古未遠故也唐承貞觀開元習治之餘以文章顯者如陳子昂蕭穎士李邕燕許之徒燕公張說許公蘇頲固不爲無人而東漢以來猥并

之氣未除也至元和始粹然一返於正其所以臻此者非先生及昌黎韓公之力歟故以唐三百年所以推尊者曰韓柳而已豈非盛哉先生雖坐貞元黨與劉夢得同夢得會昌時猶尊顯於朝先生未及爲時君所省而遽歿於元和之世事業遂不大見於時可深惜哉然零陵一泉石一草木經先生品題者莫不爲後世所慕想見其風流而先生之文載集中凡瓌奇絕特者皆居零陵時所作則予

所謂幸不幸者豈不然哉零陵人祠先生於學於愚谿之上更郡守不知其幾而莫之敢廢顧未有求其遺跡而紀之者余於是採先生之集與劉夢得之詩可見者書而置之祠中附零陵圖志之末庶幾來者有攷焉　某月日新安汪藻記

右文九篇皆四十三卷本後所載者茲刊四十五卷本後舊雖無此文余互參閱弗忍舍置迺錄附之

河東先生集傳

東吳郭雲鵬校壽梓

河東先生文集後序

唐之文章初未去周隋五代之氣中間稱得李杜其才始用爲勝而號專雄謌詩道未極其渾備至韓柳氏起然後能大吐古人之文其言與仁義相華實而不雜如韓元和聖德平淮西柳雅章之類皆辭嚴義偉製述如經能崒然聳唐德於盛漢之表（崒倉没切）蔑愧讓者非二先生之文則誰與予少嗜觀二家之文常病柳不全見於世出人間者殘落纔百餘

篇韓則雖目其全至所鈌墜亡字失句獨於集家爲甚志欲補得其正而傳之多從好事訪善本前後累數十得所長輒加注竄遇行四方遠道或他書不暇持獨賫韓以自隨賫或作齎牋西切幸會人所寶有就假取正凡用力於斯已蹈二紀外文始幾定久惟柳之道疑其未克光明於時何故伏其文而不大耀也求索之莫獲則既已矣於懷不圖晩節遂見其書聯爲八九大編夔州前序其首以卷別者

凡四十有五眞配韓之鉅文敷書字甚樸不類今跡蓋往昔之藏書也從考覽之或卒卷莫迎其誤脫有一二廢字出其陳故劘滅（劘音磨）讀無甚害更資研證就眞耳因按其舊録爲別本與隴西李之才參讀累月詳而後上

嗚呼天厚予嗜多矣始而饜我以韓既而飫我以柳謂天不吾厚不誣也哉世之學者如不志於古則已苟志於古求踐立言之域捨二先生而不由雖曰能之非予所敢知也天

聖元年秋九月河南穆脩伯長後序

四明新本河東先生集後序

學古文必自韓柳始兩家文字剥落柳爲尤甚國初文章承唐末五代之獘卑弱不振至天聖間穆脩鄭條之徒唱之歐陽文忠尹師魯和之格力始回天下乃知有韓柳韓文屢經名士手頃余又爲讐勘頗完悉唯柳文簡古雅奥不易刋削年大來試爲紬繹兩閱歲然後畢見凡四本大字四十五卷所傳最遠

初出穆脩家云是劉夢得本小字三十三卷
元符間京師開行顛倒章什補易句讀訛正
相半曰曾丞相家本篇數不多於二本而有
邢郎中楊常侍二行狀冬日可愛平權衡二
賦共四首有其目而亡其文曰晏元獻家本
次序多與諸家不同無非國語四本中晏本
最爲精密柳文出自穆家又是劉連州舊物
今以四十五卷本爲正而以諸本所餘作外
集參考互證用私意補其闕如皇室主宜加

黃字馮翊王公宜去王字緊當作擊瑘當作琊鮑飭當作鮑信攺規當作段規疥瘧宜爲痎瘧狠倖宜爲狠悻吳武陵初貶永州貞符中宜如唐書去量移字韓曅時猶未死荅元饒州書中宜於韓宣英上去云友字以唐書孝友傳校復讐議以楚辭天問校天對以左傳國語校非國語以唐宋類書唐人牋表校天論等篇其見於唐書者悉攺從宋景文凡漫乙是正二千處而贏又釐革京兆請復尊

號表增入請聽政第二表賀皇太子牋省試慶雲圖詩揔六百七十四篇鋟木流行購逸拾遺猶俟後日政和四年十二月望胥山沈晦序

柳州舊本河東先生集後序

柳侯子厚實唐巨儒文章光豔爲萬世法是猶景星慶雲之在天無不欽而仰之粤惟柳州迺侯舊治其如生爲利澤殁爲福壽以遺此土之民者可謂博厚無窮然自唐迄今垂

四百年此邦寂未有以侯文刊而爲集者殆非欽侯英靈而慰侯惠愛覬其韡笑降鑒而廟食于柳人也紹興載歲殿院常公子正被命守邦至謁祠下退而訪侯遺文則茫然無有獨得石刻三四存於州治自餘雖詩章記事所以藻飾柳邦者亦蔑如爾又安得所謂全文備集者哉因喟嘆久之出舊所藏及旁搜善本手自校正俾鳩良工創刊此集其編次首尾門類後先文理差舛字畫訛謬無不

畢理且委僚屬玏成其事未克就促召公對

眷眷相屬焉褫雖不才實獲躡蹤繼軌於公

之後塵而喜公樂善之心付託之語乃督餘

工玏成一簣豈惟不墜侯之偉文抑亦成公

之雅志焉紹興四年三月初一日右朝奉郎

特差權發遣柳州軍州兼管内勸農事借紫

金魚袋李褫序

河東先生集題後

石所得柳文凡四本其一得之於鄉人蕭憲

甫云京師閭氏本其一得之於范裒甫云晏氏本其一得之於臨安富氏子云連州本其一得之於范才叔之家傳舊本閭氏本最善爲好事者竊去晏氏本蓋裒甫手校以授其兄偃刋之今蜀本是也才叔家本似未經校正篇次大不類富氏連州本樸野尤甚今合三本校之以取正焉如劉賓客序云有退之之誌并祭文附于第一通之末蓋以退之重子厚叙之意云爾也蜀本往往只作并祭文

其他有率意改竄字句以害義理者尚多此類或作字一作字衍字去字此三本之相爲用也然亦未敢以爲全書尚兾復得如閻氏本者而取正焉方舟李石書

河東先生集記後

世所傳昌黎文公文雖屢經名儒手余昔校以家集其舛誤尚多有之用爲之訓詁柳州文胥山沈公謂其參考互證是正漫乙若無遺者余紬繹既久稽之史籍蓋亦有所未

其說

盡南嶽律和尚碑以廣德先乾元御史周君碣以開元爲天寶則時日差矣寶羣除左拾遺而表賀爲右拾遺連山復乳穴而記題爲零陵郡則名稱差矣代令公舉裴冕狀時柳州蓋未生賀冊尊號表時已刺柳而云禮部作其他舛誤類是不一用各疏於篇視文公集盍詳諸本所餘復編爲一卷附於外集之末如胥山之識云淳熙丁酉秋八月中澣臨邛韓醇記

唐韓柳氏所著文章雄偉雅健傑立宇宙實萬世作者之軌範也是以朱文公嘗語後生曰若將韓柳文熟讀不到不會做文章然二書皆文深字奇註解無慮數百家而盛行于世者韓有二本朱子校本字正而註畧五百家註本註詳而字訛柳亦有二本其增廣註釋音辯又不如五百家之詳也讀者就此較彼未易領會正統戊午夏 殿下命集賢殿副提學臣崔萬理直提學臣金鑌博士臣李

永瑞成均司藝臣趙須等會稡爲一以便披
閱韓主朱本逐節先書考異其元註入句末
斷者移入句斷五百家註及韓醇詁訓更采
詳備者節附考異之下白書附註以别之柳
主增註音辯亦取五百家註韓醇詁訓詳備
者增補句暢其旨字究其訓開卷一覽昭若
發矇既徹編以進令鑄字所印布中外爰
命臣秀文跋其卷後臣伏覩殿下以緝熙
聖學丕闡文教凡諸經史悉印悉頒又慮詞

體之不古發揮二書嘉惠儒士使之研經史以咀其實追韓柳以擷其華其所以右文育材者可謂無所不用其極矣將見文風益振英才輩出煥然黼黻太平之業而戒國家文物之盛炳耀千古也無疑矣正統四年冬十一月日朝散大夫集賢殿應教藝文應教知製教經筵檢討官兼春秋館記注官臣南秀文拜手稽首敬跋